暴亂E

波濤

「魔導科技」這個名詞最早出現於一千八百年前。

根據學者的考證與研究，傑洛人的歷史最早可以追溯到兩千五百年前，當時的傑洛人為了在險惡的環境中生存，人類緊密地聚集在一起，形成了日後人類國度的雛形。

傑洛是一個魔力至上的世界，有魔力者守護無魔力者，無魔力者供養有魔力者，這樣的模式早在當時就已經確立了。

然而面對殺不完的怪物，人類的發展嚴重受限，活動範圍僅限於廣大世界的一隅。這樣的情況，直到某個魔法師在一千八百年前突發奇想地製造了一把「能讓魔力低下的人也能使用的武器」之後，才開始有了變化。

此後，騎士階級出現，魔導科技正式萌芽。

由於魔導科技的高速發展，傑洛人的生產力與軍事力有了長足的進步，勢力範圍逐漸向外延伸，但隨著統治疆域的擴大，內部爭鬥也漸趨激烈。可共患難卻不可共富貴，此乃人類的劣根性之一，不管是地球或傑洛似乎都是一樣的。

那些在權力鬥爭中失敗的魔法師遠走他方，建立屬於自己的國度。有人成功，也有人失敗；有人征服，也有人被征服。

到最後，終於出現雷莫、艾芬、亞爾奈與夏拉曼達四國並立的政治格局。由於地域與歷史因素，人類四國各自衍生出屬於它們自己的文化，然而不管是哪一個國家，都將魔導科技視為絕對的發展重點。

眾所皆知，一個政權對於轄下領土掌控力的強弱，取決於兩個因素：通訊與交通，尤其在傑洛這種以城市作為人類唯一行政單位的世界更是如此。

遺憾的是，縱使傑洛人努力鑽研魔導科技，在跨城市的通訊與交通方面，效率依舊低落。

由於魔力潮汐與怪物的干擾，像傳音機這種專門用來遠距離溝通交流的魔導科技產物，根本無法在城市之外使用。跨城市的訊息傳遞依舊仰賴飛行交通工具，因此確保城市間飛行路線的安全，便成為傑洛世界人類空軍最主要的任務。

正因跨城市的通訊與交通如此不便利，因此加洛依城的事件之處理，才顯然格外引人注目——不是因為太慢，而是太快了。

不久前，加洛依城發生了一起嚴重的瀆職事件，市長凱梅列克子爵蓄意隱瞞消息，企圖私吞魔王寶藏，導致魔王寶藏被一級通緝犯桃樂絲所奪。

根據雷莫的官方統計，跨城市事件的平均處理時間大約是十七天，其中光是訊息傳遞就消耗掉將近一半的時間。但這起瀆職事件從揭幕到落幕，竟只用了短短五天，速度

快到令人咋舌。

因為處理速度實在太快，令人不禁生出一些陰暗的聯想，但他們一知道事件的揭發者是麥朗尼．里希特時，輿論的風向立刻有所轉變。

「如果是那傢伙的話就沒辦法了。」

「偏偏被那頭獵犬盯上……」

「凱梅列克子爵運氣可真差。」

麥朗尼．里希特，別名「鋼鐵獵犬」，侯爵級魔法師，現任監察院總長。此人精明幹練，鐵面無情，行事滴水不漏。

凡是由他親手處理的案件，必定證據確鑿，沒有翻案的可能。

如果是其他監察使負責這起案件，或許還有透過檯面下運作以脫罪的機會，但若是交由里希特負責，那就絕對沒有希望了。里希特的強硬作風，有時就連貴為女王的莎碧娜也無可奈何。

當然，認為加洛依城事件純粹是一起政治陰謀的人依舊存在，偏好陰謀論的人，無論哪個時代都不會缺少。

就這樣，加洛依城迎來了一場大動盪。

加洛依城的行政體系或軍事體系幾乎重新洗牌，中基層官員有多人受到處分，甚至連防衛軍團長克維拉子爵也被記過調職。

至於事件的主角，也就是凱梅列克子爵，則在被逮捕前就畏罪自殺了。

※◆※◆※◆※

位於雷莫首都巴爾汀的黑曜宮，今天依舊映射著美麗的光芒。

這座外壁全由黑寶石所打造的宮殿，於雷莫曆五一七年開始建造，由於耗費金額太過龐大，建築工程曾數度中止，後來歷經了兩任國王，黑曜宮才於雷莫曆五七八年正式完成。

如今的黑曜宮之主，便是大名鼎鼎的銀霧魔女莎碧娜。她在雷莫曆一四〇六年末春之月三日的下午，在書房接見了里希特。

「似乎只能查到這裡了。」

看完手中的文件，莎碧娜有些遺憾地說道。那份文件的內容，正是加洛依城事件的最後結果。

「是臣的能力不足。」

里希特立刻接口道歉。莎碧娜輕輕搖了搖頭。

「你已經做得很好了。那些傢伙的根扎得又深又廣，而且隨時可以切斷，也只有你才能挖掘到這種程度。」

「不。要是能早一步控制住凱梅列克子爵的話，絕對能再挖得更深一點。可惜他自殺了。」

「確定是自殺嗎？」

「至少表面上沒有外力介入的痕跡。」

「表面上嗎？」

莎碧娜發出輕笑，她的笑聲清脆悅耳，聽起來有如落入水晶杯裡的寶石。

「這麼說來，唯一的線索就是法魯斯伯爵了。」

「是的。他的出現太過巧合。」

桃樂絲於落春之月二十七日逃離加洛依城，而法魯斯伯爵則在二十八日早上抵達加洛依城。

法魯斯伯爵聲稱自己是在休假途中路過此地，後來接受凱梅列克子爵的請託，率軍追擊桃樂絲，可惜最後還是讓對方逃掉了，法魯斯伯爵甚至為此寫了一份請罪書。

「帶著一整支的白鷹追擊，卻連目標的影子都沒看見。我真懷疑，他這個伯爵位置到底是怎麼得到的？」

莎碧娜露出冷笑。

雷莫每一座城市都擁有數量不等的飛行移動獸與浮揚舟。所謂的白鷹，便是雷莫專屬的飛行移動獸。相較於亞爾奈的龍獸，雷莫的白鷹在機動力上更勝一籌，如果全力追擊，不可能追不上桃樂絲。

法魯斯伯爵今年二十九歲，明面上的說法是年輕人經驗不足，所以才會對桃樂絲的逃亡路線判斷錯誤。

在莎碧娜眼中，這樣的藉口爛得可笑，偏偏她又無法說些什麼。人家連請罪書都主動呈上了，要是再追究，只會讓人質疑她這個君主的器量。

「你覺得桃樂絲是晨曦之刃的人嗎，里希特？」

莎碧娜突然轉移話題。

「我覺得不是，陛下。」

對於莎碧娜的提問，里希特果斷地予以否定。

「哦？為什麼？」

「您是在懷疑他們藉由桃樂絲的手，好將魔王寶藏吞沒吧？但若不是臣恰巧出現在那裡，魔王寶藏早就落入他們的口袋了。除非他們有預知未來的本事，否則沒必要多此一舉。」

「說得也是。」

莎碧娜輕輕點了點頭。她很清楚里希特的本事，一旦這個男人打算隱藏行蹤，就算全天候派人監視，他也有辦法在你意想不到的時間、意想不到的地點出現，除非將他關在籠子裡面。

「那麼，看來晨曦之刃被桃樂絲狠狠擺了一道。」

「應該是這樣沒錯。」

說完，里希特似乎有些欲言又止，而莎碧娜察覺了這點。

「怎麼了？你想說什麼？」

「臣有句話，不知該不該說。」

「你覺得我是那種聽不進勸告的人嗎？」

莎碧娜笑著反問，她的微笑帶著魔性的美麗，讓人不自覺地忘記呼吸。里希特垂下視線，像是在整理心中的話語，又像是在躲避君主的美貌。

「為何陛下您不肯招降桃樂絲呢？」

過了好一會兒，里希特以問句的形式說出他的建議。

莎碧娜沒有回答，只是靜靜地看著他。

「按照亞爾卡斯的說法，桃樂絲至少有侯爵級的實力。這樣的人才不正是陛下您應該吸納的嗎？要是桃樂絲靠向叛亂分子那一邊，不論是對陛下，或是對雷莫而言，都不是件好事。有此疑慮的人，相信不只我一個。」

凡是魔法師罪犯，通緝等級皆為一級，但是就算冠上相同的頭銜，分量卻不一定相同。大多數的魔法師罪犯僅擁有勛爵級實力，但要是能提升到男爵級，政府就會打開雙臂，歡迎對方加入，類似的案例比比皆是。

男爵級就已如此，更何況是堪稱國家柱石的侯爵級？然而莎碧娜卻遲遲不肯取消桃樂絲的通緝令，讓許多人深感困惑。

「放心，桃樂絲絕對不會投向那一邊的。」

莎碧娜沒有回答自己為何不肯招攬桃樂絲，卻反過來保證桃樂絲絕不會接受對方的招攬，這讓里希特感到莎碧娜似乎隱藏了些什麼。桃樂絲這個人，看來並不像表面上那麼簡單。

「……既然您如此有把握，剛才的問題就請當作沒有聽過。」

里希特決定不再深究。他猜測莎碧娜已經為桃樂絲準備了某種計畫，所以態度才會如此平靜，畢竟對方可是奪走了魔王寶藏，要是換成其他人，早就勃然大怒了。但他也暗自下定決心，要是某天真的遇上桃樂絲，一定要把她逮回來。

「盯著法魯斯伯爵，但也不要只將注意力放在他身上，對方很可能會把他當成煙幕彈，以便聲東擊西。」

「臣知道了。」

於是，銀霧魔女與鋼鐵獵犬的會面就此結束。

※◆※◆※◆※

加洛依城事件的懲處結果出爐後，很快就透過各種途徑傳遍了雷莫全土。有人訝異於凱梅列克子爵的大膽，有人恐懼桃樂絲的實力，有人幸災樂禍，有人憂心忡忡，每個勢力的反應都各不相同。

「哎呀哎呀，就算是鋼鐵獵犬，也只能查到這裡為止嗎？」

亞爾卡斯一邊將文件扔回桌上，一邊喃喃自語。他的副官巴納修瞪了上司一眼，然後將散落的文件重新收好並排列整齊。

「不過，明明是在追查晨曦之刃，結果竟然又跟桃樂絲扯上關係。這究竟是巧合，還是早就計畫好的呢……妳覺得呢，巴納修？」

「是巧合。」

巴納修想也不想地回答，顯然心中早有答案。

「哦？巧合嗎？上一次是普列尼斯，這一次是加洛依，妳覺得巧合有可能連續發生兩次嗎？」

「巧合之所以會是巧合，就是因為無法預料。」

「理由呢？」

「除非晨曦之刃能夠預知未來，否則沒有將魔王寶藏交給桃樂絲的道理。」

巴納修堅定地說道。她的答案與里希特相同，同時更看穿了凱梅列克子爵其實委身於晨曦之刃的真相，由此可知這位女子的眼光與聰慧。

「另外……法魯斯伯爵恐怕也有問題。」

遲疑了一會兒，巴納修說出了她的另一個判斷。

在沒有證據的情況下，以凡人之身指責一位魔法師，這份罪過足以讓她上絞刑臺，但亞爾卡斯沒有追究，只是點了點頭。

這位吟遊元帥本來就不是那種死抱著傳統不放的古板貴族，巴納修見狀暗暗鬆了一口氣，然後繼續說下去。

「法魯斯伯爵的出現才真的太過巧合，追丟桃樂絲一事也不合理。結合各種線索，然後回頭推算時間，我覺得真相應該是——桃樂絲不知如何得知晨曦之刃企圖吞沒魔王寶藏，於是出手搶奪，晨曦之刃原本想派法魯斯伯爵對付桃樂絲，沒想到桃樂絲竟把事情鬧大，如此一來，法魯斯伯爵就算搶回了魔王寶藏也會被迫繳回，所以他乾脆放走桃樂絲。」

「如果他沒有帶加洛依城防衛軍追擊的話，就有機會私吞魔王寶藏了。」

「……如果法魯斯伯爵沒有帶加洛依城防衛軍追擊的話，現在他就已經被監察院請走了。」

「是啊，正因為他不是獨自追擊，所以現在才能繼續在外面活蹦亂跳。法魯斯這傢伙雖說心胸狹窄，但小聰明倒不缺。」

亞爾卡斯輕聲咒罵。

巴納修沒有回話，先前因為是公事，所以她才敢指責一位伯爵級魔法師，至於對方的私人品德，不是她能夠置喙的。

「不過，我覺得最值得玩味的，就是咱們女王陛下對桃樂絲的態度……唔，算了，作為臣下，這種事還是別隨便亂講的好。女王陛下想來自有打算。」

亞爾卡斯擅自勾起話題，又擅自將話題打斷。他跟其他人一樣，對於莎碧娜不肯招降桃樂絲一事深感困惑，但是他剛好比別人多掌握那麼一點資訊，所以知道這件事沒那麼簡單。

「對了，上次那件事怎麼樣了？」

「……請問是哪件事？您交代過的事情太多了。」

「就是打掃房間那件。」

「已經派人清理了。天花板還沒掃，牆壁部分有些髒汙，不確定擦不擦得掉，至於地板部分就沒辦法了。」

「嗯，先別管地板，我們沒那麼多時間與人手。」

乍聽之下，兩人似乎在進行一段充滿生活感的對話，然而這其實是一種暗語。

亞爾卡斯懷疑空騎軍團已經被晨曦之刃滲透了，因此吩咐巴納修進行秘密搜索。天花板指的是高階軍官，牆壁是中層士官，地板則是基層士兵。巴納修的報告大意便是：軍官階級還沒查完，士官階級有多人涉嫌，士兵階級沒空查。

「不過那些傢伙挺有一套的嘛，能把房間弄得這麼髒。」

亞爾卡斯露出冷笑。明明只是一群專搞暗殺的叛亂分子，竟然有辦法將手伸入軍中，晨曦之刃的能耐有些出乎他的意料。

「這樣看來，札庫雷爾的房間也差不多了吧？看來得提醒他一下，免得在自家房間被垃圾絆倒。」

「我會立刻安排。」

「不，還是我親自跟他說吧，那個傢伙很頑固的。」

要是透過信件，搞不好札庫雷爾一看完就會把信撕掉，然後轉頭就忘了這件事。身為軍人，札庫雷爾的資質無可挑剔，他忠於君主，信賴下屬，公正勤勉，作風剛直，因此深受傳統派人士的擁戴。

如果說亞爾卡斯是年輕一輩的招牌，那麼札庫雷爾就是老一輩的旗幟，兩人地位不相上下，減緩了不同世代之間的摩擦。

也因為札庫雷爾是這樣的人，所以他不會輕易相信自己麾下竟然會有人投靠叛亂分子，這對他的威望是種變相的汙辱。除非亞爾卡斯親自出面，否則他只會將這份勸告視為無聊的黑函。

「話說回來，那些人的靠山到底是誰呢？」

亞爾卡斯仰頭看著天花板，思緒飄到了隱藏在晨曦之刃後方的人物。

一個組織要能順利運轉，人手與金錢是不可或缺的，就算是叛亂分子也不例外。沒有強力人物支持，晨曦之刃不可能壯大到這種程度。

問題在於，究竟是誰？

「就目前來看，亞爾奈是最有嫌疑的，不過……」

巴納修欲言又止。

「不過要是亞爾奈的話，雷莫早就被它們征服啦。」

亞爾卡斯笑著接續了巴納修沒說完的話。

自古至今，叛亂分子的強盛與國家力量的強弱往往呈反比。自莎碧娜即位以來，雷莫在政治、經濟或軍事等領域方面的表現都沒有衰退，根本不是適合叛亂分子生存的土壤。要是亞爾奈能將叛亂分子培植到這種程度，雷莫早就民生凋敝、千瘡百孔了。

「算了，不管地下埋著多大的傢伙，總有露出頭的一天，到時再把它揪出來燒掉就行了。」

亞爾卡斯信心滿滿地說道。

※◆※◆※◆※

若是論起雷莫的尖端戰力，一般人最先想起的名字，首先就是身為君王的莎碧娜，其次就是亞爾卡斯與札庫雷爾兩位公爵，再來就是七大侯爵。

事實上，雷莫的公爵不只兩人，而是三人。

雷莫第三位公爵，名叫魯爾．庫布里克。高齡九十二歲的他，侍奉過三代國王，在貴族間有著舉足輕重的影響力。然而由於此人年事已高，幾乎無法踏足沙場，因此很少被算入雷莫的戰力。

庫布里克早在十年前就不再親自戰鬥，據說他雖然還保有公爵級的實力，但因為身體虛弱，一旦與人動手，隨時有斷氣的危險，因此有些好事者戲稱庫布里克公爵是「最終兵器」。

庫布里克雖是雷莫有數的豪門貴族，但由於魯爾·庫布里克的健康堪憂，再加上後輩子孫不爭氣，因此長年以來一直奉行明哲保身的策略。就連三年前的王位爭奪戰，庫布里克家族也同樣保持中立。

無論在哪個時代，騎牆派都不會受到勝利者的青睞。莎碧娜即位後，對於庫布里克家族雖然依舊禮遇，但並沒有賦予他們太多權力。

無論軍事或政治，沒有任何一位重要幹部的姓氏是庫布里克，由此可知這個家族已經開始沒落。大家都相信——包括庫布里克家族的人自己——一旦魯爾·庫布里克死去，這個家族的榮光將一去不復返。

魯爾·庫布里克目前住在位於雷莫東部的撒謝爾城，過著半退休的隱居生活，名義上仍是庫布里克家族的家主，但家族的舵輪早已交到他的兒子伊莫·庫布里克手上。

伊莫·庫布里克今年六十四歲，伯爵級魔法師，也是目前家族裡除了魯爾·庫布里克之外最強的魔法師。

他的實力雖然遠遜乃父，卻擁有過人的商業才能，在他的執掌下，庫布里克家族所累積的財富幾乎翻了好幾倍。

這一天的上午，伊莫．庫布里克以談生意的名義，接見了一位來自外地的客人。

這位客人戴著黑色面具，雖然看不見臉孔，但從走路的姿勢與身形可以看出他已上了年紀，只是如此奇特的裝扮，怎麼看都不像是正常的商人。

「這次真是好險吶，多虧法魯斯大人處理得當，才沒有讓火燒到自己身上。」

面具老人坐入沙發後，便對庫布里克伯爵低聲說道。

這位面具老人名叫巴魯希特，職業是魔導技師，也是當初陪著法魯斯伯爵調查魔王寶藏的人。

庫布里克伯爵聽了只是露出冷笑。

「要不是那傢伙一直拖拖拉拉，魔王寶藏早就是我們的了。處理得當？哼。」

「哎，請別這麼說。不找個好理由離開自己的駐守城市，監察院會找上門的。魔女的忠犬神出鬼沒，鼻子又靈，就像這次一樣，誰會料到他竟然跑去加洛依？要不是法魯斯大人機警，事情就麻煩了。」

「呵，這麼幫他說話？那傢伙給了你什麼好處？」

庫布里克伯爵緩緩釋放了靈威，巴魯希特頓時感到一股沉重的壓力。

「您誤會了！我是為了組織，不希望您與法魯斯大人起衝突……」

「哦？」

巴魯希特慌張地辯解。雖然看不見，不過庫布里克伯爵猜想對方面具之下的表情必定是驚恐交加，但他沒有收回靈威，反而加重了。

「巴魯希特技師。」

「是、是……屬下在……」

「說實話，我很感謝你。你的到來，對我的家族與事業幫助很大。你是我見過最精通魔導科技的人，比起黑曜宮花大錢養的那些廢物技師，你比他們強太多了。嗯，你是魔導科技的天才，這點不會有錯。」

「不敢當……」

「我知道，這世上沒有十全十美的人。某一方面優秀，總會在某一方面有所欠缺。就像我，我自信在經營手腕上不會輸給別人，但身為魔法師的才能卻遠不如家父。正因如此，我能夠容忍別人的缺點——例如忘記了自己的身分，對上司指手畫腳之類的。」

「對不起……是屬下、僭越了……」

巴魯希特吃力地道歉。這時庫布里克伯爵也覺得差不多了，於是收回靈威。巴魯希特緊繃的身體總算得以放鬆，只不過交談數句而已，他卻滿頭是汗。

靈威壓制是魔法師最喜歡用來駕馭部下的手段，庫布里克伯爵也不例外。見到巴魯希特的狼狽表現，他滿意地扯起嘴角，綻放出和善的笑容。

「好了，巴魯希特，你應該不是為了魔王寶藏的事才來的吧？最近諸事不順，我可是希望你能為我帶來好消息。」

「是、是的。之前提到的『那個』，已經接近完成了。」

「哦——？」

庫布里克伯爵挺直了身體，眼中閃耀著灼熱的光芒。

「真的完成了嗎？」

「幸不辱命。目前已經進入測試階段，伯爵以下都沒有問題。至於伯爵以上，因為缺乏樣本，所以……」

「無妨。」

庫布里克伯爵用力揮手，打斷了巴魯希特的話。

「沒有樣本就用估算的，要花多少錢都沒關係，重點是一定要把東西做出來！『那個』是我們實現計畫的最大關鍵！」

庫布里克伯爵不復先前的從容，表現得異常激動。

「我了解了。近期之內就會有好消息。」

「需要什麼儘管說。」

接著庫布里克伯爵許下無數諾言激勵巴魯希特，並且稱讚巴魯希特簡直就是天才中的天才，他這麼做的目的當然只有一個，就是要這位面具老人儘快拿出成果。

巴魯希特彷彿也被庫布里克伯爵的熱情所感染，枯瘦的身軀洋溢著活力，像是飽脹的氣球般渾身輕飄飄的，就連先前被靈威壓制所引起的不快也被他拋在腦後。

最後帶著滿滿的承諾與自信，巴魯希特心滿意足地離開了。

「真是單純的老傢伙。」

庫布里克伯爵站在二樓的窗戶，居高臨下看著巴魯希特的背影，此時的他表情冷漠，先前的激情就像是假的一樣。

巴魯希特是個純粹的學術型人才，雖然才華洋溢，在待人處世上卻比一般人還不如，腦子裡除了自己的研究就裝不下別的，要操縱這樣的傢伙實在太容易了。但反過來說，也正因巴魯希特是這種人，庫布里克伯爵才會放心讓他接觸一些核心秘密，不用擔心對方會出賣自己。

庫布里克伯爵搖鈴叫來侍女，很快的，冰涼的酒瓶與精緻的玻璃杯便出現在他桌上。這是自家釀製的果酒，也是這座城市對外販售的特產之一，每年都為庫布里克家族帶來大筆利潤。

庫布里克伯爵抿了一口果酒，一邊品嘗那股層次豐富的酸甜滋味，一邊思考接下來的棋步要如何走。

晨曦之刃的靠山正是庫布里克家族，知道這件事的人寥寥無幾。

三年前，莎碧娜正式即位，並封賞功臣，庫布里克家族卻被排除在核心圈子之外。就在那時，庫布里克伯爵便知道莎碧娜對他們家族抱持著什麼樣的態度了。

他的父親魯爾·庫布里克雖然年老力衰，但怎麼說也是一位公爵，在貴族之間依然擁有巨大的影響力，莎碧娜無論如何都應該給這位老公爵一點面子。偏偏銀霧魔女就是不按常理出牌，視貴族社會的傳統與默契於無物。

庫布里克伯爵知道，自己必須謀求新的道路了。

承認錯誤，獻上忠誠，從此對銀霧魔女唯命是從？

這是一個選項，也是最差的選項。

姑且不論莎碧娜有沒有殺雞儆猴的想法，光是庫布里克公爵後繼無人這點，就注定莎碧娜不可能重用他們。伊莫·庫布里克已經六十四歲了，他自知此生無望侯爵，至於子姪輩的能力更是不堪，莎碧娜才不會將一個缺乏潛力的伯爵家族放在眼裡。

伊莫·庫布里克是個擁有梟雄心性的人物，他可不想成為一頭舔人鞋子、卻連骨頭都吃不到的狗。

恰巧這時巴魯希特跑來投靠，有了這位天才魔導技師的協助，他構思了一個極為大膽的計畫，培植晨曦之刃便是他這個計畫的第一步。

不得不說，以管理者而言，庫布里克伯爵的才幹確屬一流。在他的暗中扶持下，晨曦之刃發展迅速，短短三年便成為雷莫最大的反叛勢力，其勢力不僅滲入了軍隊，甚至吸納了不少伯爵級魔法師。如果得到魔王寶藏的話，晨曦之刃的實力必然更上一層樓。

「桃樂絲……」

庫布里克伯爵輕聲唸誦某位一級通緝犯的名字。

是否要吸納此人？

對此，庫布里克伯爵深感猶豫。

從諸多跡象判斷，此人絕非泛泛之輩。萬一桃樂絲加入後反過來奪權，那還不如直接殺了她。

只是現在時機不對，晨曦之刃不能隨便動用高端戰力，否則那頭鋼鐵獵犬又會跑出來亂咬人。

（或許可以用別的作法……）

於是，一個新的計畫在庫布里克伯爵腦中悄然成形。

※◆※◆※◆※

自加洛依城事件後，在雷莫的官方紀錄上，對於莫浩然的稱呼已經由「桃樂絲」變成了「桃樂絲一黨」，對外宣稱這位一級通緝犯已經正式組建了一支犯罪集團。

為了逃避責任，加洛依城警備隊刻意誇大了桃樂絲部下的數目、實力、心計與殘忍，因此在不知內情的人眼中，所謂的「桃樂絲一黨」就是一個以桃樂絲為核心，聚集了大量窮凶極惡之徒的組織。

他們無惡不作，為所欲為，擁有強大的武力，所到之處莫不掀起一陣腥風血雨。沒有做案的時候，一群人便躲在堆滿贓物的豪華房間裡飲酒作樂，順便研究該對哪個有錢人下手……

然而事實上，這時的「桃樂絲一黨」正以一輛獸車為交通工具，風塵僕僕地行走於荒野上。連桃樂絲本人在內，這個犯罪集團的成員只有四個人而已，距離「人多勢眾」這個形容詞顯然極為遙遠。

「雖然人少，但我們全是精銳！比起數量，質量才是最重要的！您說是吧，桃樂絲大人？」

坐在車夫位置的青年男子大聲喊道，話中的恭維之意顯而易見。

「是、是，都是精銳。」

坐在後車廂的白髮少女隨口回答，話中的敷衍之意顯而易見。

這名白髮少女正是桃樂絲——正確的說，是化名為桃樂絲的地球少年莫浩然。

由於命運的捉弄，即將迎來高二暑假的莫浩然不幸捲入了黑道鬥爭，在瀕死之際，他與異世界的大法師簽定契約，以復活為代價，靈魂被送到了傑洛，展開一場不知何時才會結束的暑期打工。

然而由於世界的惡意，穿越後的莫浩然不僅變成了不男不女的體質，甚至還被當成了一級通緝犯。

至於那位青年車夫名叫西格爾，有著黃棕色眼珠與頭髮，雖然相貌端正，身上卻散發著一股市儈的氣息。

他原本是一個旅行商人，勤勉地做著遊走在白色與黑色地帶的生意，在經過一連串曲折的遭遇後，決定成為桃樂絲的追隨者。人脈寬闊的他，專門負責後勤方面的任務。

「當然是精銳！因為工作的關係，小人以前走過不少地方，不敢說見多識廣，但好歹比一般人多知道點東西。說真的，像大人您這麼厲害的人物，小人是頭一次見到。伊蒂絲小姐與零小姐更不用說了，兩位都是萬中無一的人才。」

奉承的話語像是不用錢似的，滔滔不絕地從西格爾嘴裡傾瀉而出。然而話才剛說完，便有人跳出來反駁了。

「哼，你又知道多少東西了？她這種程度就叫厲害？笑話！連歐蘭茲大人的指甲汙垢都比不上……不對，歐蘭茲大人是完美的，他的指甲沒有汙垢！是頭皮屑！連頭皮屑都比不上……也不對，歐蘭茲大人不可能有頭皮屑……唔嗯，唔唔……」

說話的是一位同樣坐在後車廂的銀髮女子。

這位銀髮女子有著左藍右紅的異色雙眸，以及精緻有如人偶的美貌，不論走到哪裡都足以成為目光的焦點。銀髮女子的語言邏輯有些錯亂，但總體說來意思只有一個：莫浩然沒什麼了不起的。

雖然遭人反駁，但西格爾不但沒有惱怒，反而用力點頭。

「哎呀，伊蒂絲小姐說得對極了！小人的眼界確實不高，不像伊蒂絲小姐一樣知識淵博。」

「哼哼，那是當然的。」

銀髮女子微抬下巴，一臉得意的樣子。

「不過，我知道伊蒂絲小姐很崇拜魔……呃，很崇拜歐蘭茲，可是這種比較是不是有點不公平啊？要是拿歐蘭茲作標準，這世上的魔法師都跟雜草差不多啦。」

「嗯，說得好。就是雜草沒錯，跟歐蘭茲大人比起來，你們都是雜草。」

「不，那個，我的意思不是……」

「你想說連雜草都不如嗎？也對，雜草的等級還是太高了，最多就是爛泥，只配被歐蘭茲大人踩在腳下。好，就決定是爛泥了！」

「……是、是。」

西格爾只好露出苦笑匆匆結束這個話題，免得自己的意思繼續被扭曲。他想討好伊蒂絲，但不想因此惹火其他人。

這位名叫伊蒂絲的銀髮女子事實上並非人類，而是由傳說中的魔王所製造的魔力傀儡。由於她跟外界隔絕了一百多年，以致缺乏常識，再加上擁有雙重人格，經常突然自言自語……種種因素作用下，使得伊蒂絲看起來就像是一個腦袋有問題的傢伙。

西格爾不知道伊蒂絲的來歷，以為她只是一個魔王歐蘭茲的狂熱崇拜者而已。

這樣的人事實上為數不少，歐蘭茲這個名字在一百多年前或許是禁忌，但時間總能沖淡一切。

當恐懼的外衣褪去後，世人對歐蘭茲的印象只剩下「幾近無敵的魔法師」與「魔導科技的天才」這兩點而已，再加上歐蘭茲留下了「魔王寶藏」這種充滿冒險與浪漫氣息的東西，因此年輕人之間流行著一種崇拜魔王的獨特風潮。

「就跟地球的中二病一樣。」

對於這種風潮，身為異世界訪客的莫浩然如此評價。只能說不管是地球還是傑洛，人類的精神回路都差不多。

至於西格爾口中的「零小姐」，指的則是一直坐在後車廂沉默不語，臉上戴著鬼面具的第四人。

零（ZERO）——此乃鬼面少女的名字。

就在莫浩然一行人逃離加洛依城的當天，西格爾以一位新加入者的身分自報姓名，並且謙虛地請教眾人的名字時，由鬼面少女親口說出的。

也是直到那時，莫浩然才驚覺自己竟然一直不知道鬼面少女的名字。

由於之前莫浩然身邊除了鬼面少女之外沒有其他人，再加上鬼面少女根本不說話，因此莫浩然完全忘了問她的名字。由於平時老是「妳」呀、「喂」啊的叫著，也沒覺得有什麼不方便的地方，所以直到西格爾提起，莫浩然才猛然想起這件事。

「你竟然過了兩個月才發現這件事？我知道你一向反應遲鈍，但沒想到竟然遲鈍到這種程度。」

事後傑諾毫不留情地嘲笑他。

傑諾便是將莫浩然召來傑洛的大法師，由於肉體被人封印，因此只能以精神波的形式出現，目前正化為毛髮寄宿在莫浩然頭上。

「囉嗦！你還不是一樣沒有發現！」

莫浩然一臉不高興地回答。

「我早就發現了啊，在第一天的時候。」

「那為什麼不提醒我！」

「我以為你有自己的考量嘛，誰知道你是因為忘記了，而且還一忘就兩個月……」

「吵死了！」

像這樣的對話幾乎天天發生。

傑諾的聲音可以直接傳入莫浩然腦中，但莫浩然必須用嘴巴說出來才能傳達給傑諾，因此在外人看來，莫浩然總是經常自言自語，也讓身為凡人的西格爾產生了「優秀的魔法師跟神經病很像」的誤解。

零的外表年齡大約十七、八歲，有著一頭又黑又直的長髮，在那副猙獰的鬼面具下，隱藏著堪稱稀世的美麗容貌。

然而她並非人類，而是銀霧魔女以自身為藍本所製造的強化人造兵，不僅劍術精湛，甚至還擁有權杖級魔操兵裝，就算稱她是披著人皮的凶器也不為過。

零原本的任務是監視桃樂絲，但由於一連串的事故，目前正跟著桃樂絲到處跑。雖然同樣是「監視」，但性質已經變得完全不一樣了……

莫浩然、零、伊蒂絲與西格爾，這四人便是在雷莫成為話題焦點的「桃樂絲一黨」。這個小團體的戰鬥力無可挑剔，卻嚴重缺乏凝聚力。

零是因為莎碧娜的命令，才會跟著莫浩然一起行動。在外人看來，她就像是一個忠心的護衛，然而要是莎碧娜一出現，這位忠心的護衛就會當場反叛。

伊蒂絲之所以加入這支隊伍，是為了確認魔王歐蘭茲的生死。她與莫浩然只是合作關係，一旦達成目的，隨時會離開。

就連莫浩然自己也一樣，只要完成跟大法師傑諾之間的契約，他就會回到地球，因此對於組織勢力什麼的一點興趣也沒有。基本上除了西格爾以外，沒有任何一個人對這個小團體的未來有所期待。

所謂的「桃樂絲一黨」，說穿了只不過是一幅以謠言為畫筆，在名為巧合的畫布上胡亂描繪的虛像罷了。

直到最近，莫浩然才知道原來傑諾被關在亡者之檻。

「如果可以的話，能不能請您告訴小人接下來究竟要去哪裡呢？小人想計算食物與飲水的存量。」

負責後勤工作的西格爾在加入後的第三天如此問道。於是莫浩然報出了傑諾告訴他的某個地名。

「那裡不是亡者之檻嗎！」

西格爾聽了之後先是思考數秒，然後大吃一驚。

「什麼是亡者之檻？」

「您不知道？那裡就是魔王歐蘭茲的葬身之地啊！」

這下輪到莫浩然驚訝了。

傑諾被關著的地方竟然就在魔王歐蘭茲的墳墓附近？要說這兩者之間沒有關係，打死他也不相信！

「別想太多，你先好好地問問那個小商人，亡者之檻是用來幹嘛的。」

傑諾彷彿看穿了莫浩然的想法般，沒等他提問就先行回答，於是莫浩然半是疑惑半是忐忑地追問了。

「您問亡者之檻現在是用來幹嘛的嗎？當然是流放犯人啊。」

「流放？」

「例如政治犯之類的。那種殺了有麻煩，活著也有麻煩的傢伙，都會被送到亡者之檻。因為那裡被魔王詛咒了，水跟土地都有毒，而且遍地怪物，人類根本活不下去。說得好聽是流放，其實是變相叫他們去死。」

西格爾一臉得意地解釋。他雖然奇怪莫浩然為何連這種事都不知道，但無所謂，這樣更能體現出自己的價值。

「原來是這樣啊。」

西格爾的答案讓莫浩然鬆了一口氣。那種恐怖的地方，確實很適合作為監禁之用。

「不過會被關在那種地方，看來莎碧娜真的很討厭你耶。」

放下心後，莫浩然也有了調侃大法師的心情。

「你以為我是為什麼把你召喚過來的啊？」

「知道了、知道了。」

關於亡者之檻的話題就這樣結束了。

西格爾在確認目的地之後，便根據現有的存糧以及自己的旅行經驗，迅速制訂了一條新路線。

他打算跳過最近的兩個城市，直接將補給點設在一座名叫克倫提爾的城市。之所以這麼做是基於兩個原因，首先是零與伊蒂絲不用進食——雖然他不明白這是為什麼，也不敢問——大大降低了補給方面的壓力；其次是雷莫軍必定會推算他們的下一個補給點，然後重兵埋伏。

雖然捉捕通緝犯一向是地方警備隊的任務，但在莫浩然得到魔王寶藏後，軍隊也不得不出手了。西格爾彷彿能看到那樣的畫面——一大群魔法師率領著成千上萬的士兵，氣勢洶洶地擋在他們面前。

雖然西格爾相信眾人有著突破軍隊包圍的能耐，但他可是凡人一個。他不想成為那唯一的陣亡者，因此在路線規劃上費了一番心血，他盡量選擇沒有強大怪物，同時又比較好走的地方，雖然繞了一點路，但勝在安全。

莫浩然與傑諾接受了西格爾制訂的路線，於是一行人就這樣開始了漫長的旅程。

事實證明，傑諾與西格爾的顧慮是正確的。

※◆※◆※◆※

加洛依城事件爆發後，雷莫果然出動了正規軍。他們根據過往的移動紀錄，預測出桃樂絲最有可能出現的下一個城市，布下了天羅地網。陸戰軍團與空騎軍團各派出一名伯爵負責此事，追擊隊裡面沒有凡人，最低也是騎士。

如此華麗的陣容，全是為了桃樂絲而來。

桃樂絲打倒七級怪物一事已經廣為人知。一般說來，七級怪物只有侯爵級以上的魔法師才能應付，因此這支追擊隊的戰力配置也是依照同樣的標準。

「桃樂絲絕對不是靠著自己的實力打倒變異戰蛛獸的，而是因為魔王寶藏。為了雷莫的輝煌，我們必定要把魔王寶藏連同她的腦袋一起提回來！」

出發前，追擊隊的陸戰軍團指揮官修巴特伯爵對部下如此說道。這番話除了彰顯決心，同時也有鼓舞士氣的用意。

藉助外力打倒七級怪物，與憑著本身實力打倒七級怪物，兩者的意義完全不一樣。若是憑著自身實力，代表桃樂絲就是真正的侯爵級魔法師，光憑靈威就足以擊潰追擊隊。但十六、七歲的侯爵級魔法師？這種事太不可能了。

追擊隊士氣高昂地出發了，但在經歷了一個月的搜索與埋伏之後，鬥志漸漸被不耐煩的情緒所取代。桃樂絲一黨就像是憑空消失了一樣，不僅沒有進入他們的埋伏圈，甚至連人都找不到。

「空騎軍團是幹什麼吃的？每天在空中飛來飛去，卻連幾個人都找不到？」

「陸戰軍團整天只會待在原地混吃等死，沒資格說別人！」

雖然空騎軍團元帥亞爾卡斯與陸戰軍團元帥札庫雷爾私交甚篤，但兩人的交情很難延伸到部屬身上。

陸戰軍團與空騎軍團的嫌隙由來已久，兩邊的指揮官互相指責對方怠忽職守，才會讓目標溜出他們的包圍網。

當然，也有人懷疑桃樂絲一黨從一開始就沒有踏入陷阱，而是直接前往更後面的城市，但這樣的聲音很快就被掩蓋掉了。

這次的埋伏地點是由雙方參謀部共同選定的，上面的人不想承認自己的錯誤，因此只能將問題推給友方。

明明只要及時改正就能咬住桃樂絲一黨的尾巴，但追擊隊卻在爭功諉過的心態下，白白浪費了這次的機會。

此時沒有人知道，這個錯誤將為雷莫帶來多大的影響。

※◆※◆※◆※

亡者之檻是一塊面積超過五萬平方公里的遼闊土地，它位於傑洛四國的交界處，境內地形錯綜複雜。

從地圖上來看，就像是一個小小的獨立國度。

在一百多年前，亡者之檻還是烽火紛飛的邊境，但在魔王殞落後，這塊土地變成了貨真價實的死亡牢籠。

此地終年濃霧繚繞，土地與水都充滿毒素，由於頻繁地產生魔力亂流，怪物的誕生機率也大大提高。徘徊於亡者之檻外圍的怪物最少都是六級，據說最深處更蟄伏著好幾頭九級怪物。

九級怪物只有王級魔法師才能打倒，但身為一國之王，豈會隨便涉險？再加上這裡的環境惡劣，就算收復了也沒有多大的經濟效益，因此在權衡輕重後，人類四國不約而同地放棄了這片土地，並且將它視為流放犯人的最佳場所。

凡是被放逐至亡者之檻的犯人，全都從這世上安靜地消失了，從那裡回來的例子一個都沒有。

這個眾人避之唯恐不及的地方，就是莫浩然一行人的目的地。

「……大概還要兩個月嗎？」

莫浩然一邊看著地圖，一邊喃喃自語。這個日期是西格爾估算出來的，並聲稱誤差只有百分之一。

「差不多吧，只要沒有意外的話。」

傑諾也同意這個時間。莫浩然聞言嘆了一口氣。

「好久啊，要是能飛過去就好了……」

「別想太多。不管是飛行騎獸或浮揚舟，你們之中沒有一個人會操控。不要對辦不到的事念念不忘。」

「還敢說我！為什麼你堂堂一個大法師，卻連這種小事也不會啊！」

「我是大法師，又不是騎師或空航士。」

「唉，要是你會的話，事情就簡單多了。」

如果傑諾會騎飛行獸或駕駛浮揚舟的話，他們就能襲擊城市，從裡面搶走這些東西了。到時精神波形態的傑諾可以改變外形，載著他們一路直奔目的地。這個計畫早在莫浩然逃離曼薩特城時就想到了，但因為傑諾一句「我也不會」而胎死腹中，自那之後，莫浩然不時會把這件事拿出來抱怨。

「老是想著抄捷徑，總有一天會吃苦頭的哦。」

「少說得像是別人的事一樣！你以為我們去亡者之檻是要幹嘛的？」

「只是傳授一下人生的經驗談罷了。」

「你這個人生的失敗者沒資格說話！」

莫浩然與傑諾就這樣你來我往地互相嘲諷起來。

正在煮飯的西格爾遠遠看到了這一幕，露出憂心的表情。

「大人又發作了……」

年輕的旅行商人忍不住嘆氣。

他原本是覺得莫浩然的實力非凡，而且很好相處，所以才會自願成為追隨者。但他萬萬沒有料到，莫浩然竟然是一個經常自言自語、精神狀況不穩定的病人。萬一對方要是突然腦袋短路，把自己幹掉了怎麼辦？每次一想到這裡，西格爾就忍不住詛咒自己的運氣。

「啊，零小姐，您也在擔心大人吧？這樣下去真的沒問題嗎？」

順著這個話題，西格爾趁勢向一旁的鬼面少女搭話，但沒有得到任何回應。

零不僅擁有與公爵級魔法師一較高下的戰鬥力，就連安靜程度也是公爵級。基本上除了莫浩然，她不會跟任何人說話。

但西格爾不能因為這樣就跟對方保持距離，他知道身為凡人，自己在眾人之中的地位是最低的，就算會被冷淡對待，他也必須一直保持熱情，這就是小人物的生存智慧。

「不用擔心。那不是病，所以不能用『發作』這種說法。」

就在這時，坐在一旁看書的伊蒂絲開口了。從口氣來看，現在出現的是藍色的人格。

見到伊蒂絲回應了自己，西格爾整個人立刻振奮起來。

「原來如此，伊蒂絲小姐真是高見！」

「嗯，那不是病，是屬性。」

「……啊？」

「他是一個真正的變態。自言自語只是變態屬性附帶的行為之一。」

「屬、屬性？」

「你不知道屬性嗎？這本書裡有講。」

伊蒂絲將手中那本書晃了晃。

那本書的書名叫做《烏拉的奮鬥》，是一部在市井小民之間相當受歡迎的小說。內容是描述一個叫烏拉的年輕人憑著努力、智慧與運氣，從社會底層向上爬的故事，目前已經出了十六集。

因為長途旅行太無聊，所以西格爾經常會把這些小說帶上路打發時間。

《烏拉的奮鬥》的最大特色，就是作者不時會跳出故事框架，寫一些無關劇情的特殊資訊，或是極度誇張的人物反應，因此又被稱為「脫線流」或「崩壞流」。顯然伊蒂絲受到了小說的荼毒，把裡面的東西當真了。

西格爾先是愣了一下，然後決定裝作什麼都沒看到，盡其所能地附和對方。

「哈哈哈！說得也對，自言自語什麼的，這種事我也常做。大人只是情況嚴重了一點，沒什麼大不了的。其實我有個朋友也是這樣，因為長年獨自旅行，所以幻想自己身邊有一個妹妹，沒事就跟那個妹妹講話，甚至還說要跟那個妹妹結婚呢，哈哈哈！」

「……我覺得你那個朋友的確有病。」

結果西格爾的努力換來了伊蒂絲的鄙視，旅行商人對此感到欲哭無淚。

俗話說得好——每個年輕氣盛的男人，都有一個開後宮的夢想，哪怕只是形式上的也無所謂。

加入桃樂絲一黨後，西格爾曾一度認為自己無限接近了這個夢想。

這支四人隊伍裡面，可是只有自己一個人是男的，另外三人全是女性，而且個個年輕貌美！說不定自己有機會像小說主角一樣，過著令人臉紅心跳的粉紅色生活……

然而很遺憾，現實跟小說是不一樣的。

他身邊的美人雖然足足有三個之多，但一個比一個麻煩——完全不跟他講話的零，雙重人格而且想法難以捉摸的伊蒂絲，乍看之下最好相處卻老是自言自語的桃樂絲。不管哪一個都不是正常人，更可悲的是，任何一個都有輕鬆幹掉自己的本事。

西格爾一邊煮湯，一邊默默地流淚。自己為什麼這麼不幸呢？他要趁著今晚睡覺時好好思考一下。

※◆※◆※◆※

……於是，又作起了夢。

不屬於自己，也不屬於他人，像是在陳述古老歷史的夢。

「那個人」在思考，人類為何會如此扭曲。

人類，不斷排除與自身相異的存在。

事實上，會做這種事的不僅僅是人類而已。

那或許可以說是生物的本能吧？為了自身的生命安危，聚集同類，驅逐異己，竭盡所能地確保勢力範圍，這是為了活命而發展出來的手段。在以生存為目的的前提下，這種作法沒有理由受到指責。

可是，人類做得更加過分。

跳脫了「為了生存而排除」的領域，進一步跨入「因為相異而排除」的地步。

如果說這樣的行為是來自於恐懼，那麼能夠用來克服恐懼的知性，又是為了什麼而存在的呢？

到了最後，人類這樣的生物，也只是跟尋常野獸相差無幾的東西了吧。只有如此程度，卻驕傲地站立於大地之上，用自以為是的眼神仰望天空。簡單的說來，實在讓人想吐。

然而，思考這些事的「那個人」，同樣是人類。

縱使否定了人類的價值，但是卻無法否定自己同樣身為人類的事實。想要改變，就必須成為超脫人類的某種東西才行。然後，才能將人類從扭曲的軌道上導正過來。

「那個人」開始追尋。

追尋著「不再是人類」的方法。

走過無數地方，花盡無數錢財，「那個人」一直在追尋著。在外人眼中，他只是個求知欲旺盛、行為怪異的考古學者。沒有人知道，在那瘦小的身體裡充斥著多麼巨大的理想與夢想。

終於，「那個人」遇到了。

代價是，靈魂被刻上了另一個名字。

那個名字，乃是——

「歐蘭茲……」

輕唸著魔王的名字，莫浩然醒了過來。

美麗的夜空頓時映入眼簾。星辰璀璨有如寶石，四輪月亮懸於寶石的河流之中，默默地俯視大地。這是在地球上絕對看不到的壯觀奇景，但莫浩然卻沒有欣賞的興致。

莫浩然從地上坐了起來，然後看了看四周。

零坐在營火旁望著自己，即使是在晚上，那張鬼面具依然沒有取下。莫浩然知道她不是在守夜，而是在監視自己，強化人造兵據說是不用吃飯也不用睡覺的。

伊蒂絲倒是在睡覺，同樣不是人類，伊蒂絲這具傀儡人偶卻需要睡眠，真不知道製造她的人腦袋究竟在想些什麼。

她的睡相很好，整個人筆直地躺在後車廂裡，雙手交握置於腹部，由於沒有呼吸，乍看之下簡直像是一具屍體。

西格爾則是躺在營火另一側，他的睡姿凌亂，不時還會發出「半價優待」、「不能打折」之類的夢囈聲。即使在夢中也不忘做買賣，這位青年的商人魂令人不得不佩服。

莫浩然躺了回去，他閉上眼睛，但睡意就像是被三振出局的打擊手，無論怎麼樣也無法回到場上。在經過一番無用的努力後，他索性坐起身子，仰望夜空。

群星閃爍。

四月環繞。

深邃的黑夜像是能夠把靈魂全部吸進去一般，令人移不開眼睛。

清澈的冰冷空氣彷彿能夠凍結所有雜念，如同鏡子般映照內心。

莫浩然回想起剛才的夢。

跟當初他在魔王寶藏洞窟所作的夢相似，卻又明顯不同。

在夢中感覺不到像是痛苦或掙扎般的感情，像是以旁觀者的身分在觀察他人的人生。但是在醒來後，卻能夠隱約感受到那份夢中主角的苦惱、悲嘆與絕望。

為什麼會作這種夢呢？對此莫浩然百思不得其解。

夢中的「那個人」，應該是魔王歐蘭茲沒錯。

明明應該是跟自己毫無關係的人物，卻連續作了兩次有關這位傳說人物的夢。

在地球，這並不是什麼值得深思的事。

但，這裡是傑洛。

莫浩然覺得，這並非巧合。

（要是問傑諾的話……）

這個念頭才剛生起，便立刻被莫浩然自己掐滅了。他覺得就算問了也沒用，傑諾那傢伙只會嘲笑自己想太多。

雖說傑諾自己否認了，但他總覺得這位大法師與魔王有關聯。

（……可是，就算有關聯又怎樣？）

如果傑諾就是魔王，他能夠不把傑諾放出來嗎？他是為了求生才來到這個異世界的，要是不完成契約，留在地球的身體就會死去。他想要活著、想要回地球，所以非把傑諾放出來不可。

就算別人罵他自私也沒辦法，他就是為了這個才來的。他不是聖人，沒有那種捨己為人的高潔情操。如果將自己與異世界放在天平兩端，沉下去的那一方絕對是自己。

在想到傑諾有可能是魔王時，莫浩然一開始雖然覺得迷惘，但最近漸漸能夠確定自己的選擇了。罪惡感什麼的雖然有一點，但那不是問題。

（對了，這傢伙最近跳出來的次數減少了……）

莫浩然捧起自己的頭髮。這具身體原本是黑色短髮，因為傑諾寄生的關係才會變得又白又長。

傑諾曾經說過，精神波沒有睡眠的問題。以前他睡不著的時候，傑諾總會跳出來跟他聊天，但現在卻沒這麼做。仔細想想，這陣子傑諾主動跟他講話的次數屈指可數，大部分都要自己先開口才會有所回應。

莫浩然一開始還以為是隊伍人數增加，傑諾不想惹人懷疑，但這個推測其實有些一廂情願。別人又聽不到傑諾的聲音，而且還有伊蒂絲這個雙重人格的傢伙在，根本不用擔心會啟人疑竇。

就在這時，莫浩然感到一股視線。他轉過頭，發現零不知何時摘下了鬼面具，用那雙媲美黑寶石的眼眸凝視著自己。

「怎麼了？」

莫浩然問道，他感覺對方的凝視與平時不同。

「……有事想問你。」

零說話了。莫浩然有些訝異，零主動向他提問的情況，這還是第一次。

「什麼事？」

「……為什麼不逃？」

「咦？」

莫浩然一時間意會不過來，於是發出了很蠢的聲音。

「根據你以前的行動，我判斷你很想逃離我的監視。」

零繼續說道。她的聲音就像這片深夜的空氣，冰冷又清澈。

在離開灰鎖監獄後，莫浩然不斷嘗試要甩掉零，但因為彼此之間實力相差太大，莫浩然從未成功過。

「……嗯，沒錯。」

因為是事實，所以莫浩然沒有否認。

「可是，你後來明明有兩次機會，卻沒有逃走。」

在普列尼斯城，零被亞爾卡斯擊傷——

在魔王寶藏洞窟，零被紋陣侵蝕精神——

這兩次明明是大好機會，然而莫浩然不僅沒有趁機擺脫零，反而救了她。這樣的行動，讓零感到困惑。

如果只有一次，還可以視為莫浩然因太過大意而沒有把握機會，但這樣的情況卻發生了兩次。

零無法理解莫浩然為何不逃跑，自從離開加洛依城後，她就一直在思考這個問題，但始終想不出答案。

「為什麼？」

於是，她直接向當事人提問了。

莫浩然訝異地看著零，似乎沒想到她會問這個問題。

然後，訝異的神情逐漸收斂。

「……是啊，為什麼呢？」

莫浩然轉開視線，抬頭仰望夜空。

（為什麼呢？）

那兩次，傑諾也都這麼問他。

（為什麼呢？）

想到的理由有很多，但沒有任何一個能夠明確表達出當時的心境。

或許是愧疚。

或許是憐憫。

或許是不甘。

或許是不捨。

那些情感雖然存在，但都不是原因。雖說用一句「良知」就能將其囊括，但那種說法太過矯情。

莫浩然重新低頭看向零，所有的理由，都凝聚為一句話。

「因為，我要堂堂正正地從妳面前逃走。」

這就是他的答案。

零沉默地看著莫浩然，她的表情就像手中握著的鬼面具，冷淡又堅硬。

然後——

「我不會讓你逃走。」

帶著微笑，她如此說道。

那美麗的笑容，讓莫浩然不禁看得入迷。

※◆※◆※◆※

莫浩然一行人抵達克倫提爾城，是雷莫曆一四〇六年，末春之月十六日的事。

克倫提爾城的規模與加洛依城相似，但繁華遠勝加洛依城，之所以會出現這樣的差別，在於管理者的手腕與用心程度。

克倫提爾城的統治者乃是沙納伯爵，是一位雖然已經六十八歲，卻仍舊精力旺盛的老人。同時，沙納伯爵也是雷莫現今難得一見的貴族市長——親自管理城市事務的貴族。

有人認為他是因為自知晉級無望，才會把心思用在行政事務之上；也有人認為他是控制欲太強，不想把權柄交給別人。

雖然外界流言紛飛，但這都無法改變克倫提爾城日益興盛的事實，如果不是礙於法律限制無法擴建，克倫提爾城甚至有挑戰侯爵領地的潛力。

沙納伯爵年輕時便以行政能力出眾而聞名，甚至距離財政部長之位僅有一步之遙。沙納伯爵也是守舊派貴族的旗幟人物之一，他在莎碧娜即位後，因為對新君主忽視傳統的作風深感不滿而拒絕出仕，此後便專心治理自己的領地。曾是精英官僚的他，其能力並未因年紀增長而衰退。

莫浩然進入克倫提爾城後，同樣充分感受到這座城市的活力與富庶。

街道上的路燈密度頗高，其他公共設施也維持得很完善，獸車與行人來往匆忙，彷彿時間總是不夠用似的，讓人不禁聯想到現代的地球城市。

為了安全起見，莫浩然一行人分成兩批入城，首先是西格爾，然後才是莫浩然、零與伊蒂絲。西格爾用的身分是自己的老本行，至於莫浩然當然是魔法師，所有人都做了簡單的變裝，並且順利入城。

桃樂絲的通緝令早已傳遍雷莫全國，但克倫提爾城對於入城者的防備依舊鬆懈，莫浩然只是稍微釋放一下靈威，警備隊隊員便畢恭畢敬地讓他們進去了，連最基本的檢查都沒有。唯有西格爾被嚴格盤查，雖然他手中的黑牌偽造得天衣無縫，但還是被索取了大筆入城稅。

這並非警備隊怠忽職守，而是因為魔法師長久以來所把持的特權導致的扭曲現象。桃樂絲只有一個，但城裡的魔法師可以有很多個。要是因為嚴格執行查驗工作而觸怒魔法師，對方可以一劍殺了你，事後還不用被追究責任。在這種情況下，誰還敢找魔法師的碴？

「果然，特權階級往往是最大的犯罪者。」

莫浩然入城之後忍不住感嘆。這句話他已經忘記自己是從哪本小說或漫畫裡面看到的了。

在地球，無數國家以自身的潰滅證明了特權階級的破壞力。

任何組織想要穩定成長，秩序是絕對不可缺少的要因。然而特權階級卻會逐漸腐蝕這個要因，將「有益於團體的秩序」轉化為「有益於私人的秩序」。

這些特權階級或許當初在建造組織時立下不可抹滅的功榮，因此得到相應的權力作為犒賞，諷刺的是，將組織導向衰敗之路的凶手同樣是他們。

這些特權階級或許一開始不敢做得太過分，但這些人的後代從小就看著自己的長輩玩弄權力、踐踏秩序，又怎能期待這些特權階級的第二、第三代子孫重視秩序呢？他們只會做得比上一代更過分。於是特權階級變成了寄生蟲，不斷掠奪本應供給組織的養分壯大自己，最後與崩潰的組織一起滅亡。

由人類劣根性所導致的錯誤，不管是地球或傑洛都是一樣的。就連同樣的情況反覆循環，彷彿完全不知道從歷史中記取教訓這點，兩者同樣驚人的相似。

如果是在和平的地球，莫浩然或許有心情發揮一下十六歲少年的特有感性，對社會的不公狠狠批判一番。

可惜這裡是異世界，而他自己也算特權制度下的既得利益者，因此只是稍微感嘆一下而已。

莫浩然一行人住進旅館後，西格爾立刻出門籌備物資，預計兩天內就能將東西全部備齊。自從這位旅行商人加入後，莫浩然確實輕鬆不少，唯一的缺點就是花錢的速度變快了。

「我想買書，給我錢。」

西格爾一離開，就輪到伊蒂絲提出要求了。

此人同樣是促使花錢速度加快的凶手之一，伊蒂絲雖然不用吃喝，卻對閱讀有極高興趣，不管紅色或藍色的人格皆是如此。估計是被關在地下一百多年，長久以來只有書本陪伴的關係。

「妳自己不是也有賺錢嗎？」

之前在加洛依城，伊蒂絲曾在魔協接了一大堆委託，賺了不少錢，最後那些錢全部用來買書了。傑洛跟中世紀的地球一樣，書籍非常的昂貴。

「不夠。我想買《烏拉的奮鬥》。」

「妳不是已經有一套了？」

「閱讀用、收藏用、推廣用，一共要買三套才行。」

「……妳是哪裡來的御宅族啊？」

「等一下，我還想買《爆熱青春戰記》。全套八本，一樣要買三套。」

此時紅色的人格也跳出來湊熱鬧了，想買的書更是莫名其妙。

「給我自己去賺！」

「噗噗！小氣！」

「囉嗦！有想要的東西就自己賺錢去買，這才是成熟的大人。」

「沒辦法。看來只好繼續出賣身體換取金錢了。」

伊蒂絲又切回藍色的人格，然後唉聲嘆氣地離開房間。

於是房裡只剩下莫浩然與零兩個人。

「唔……」

這下反而換莫浩然覺得有點不自在。

「……我也去外面走走吧。」

莫浩然一邊搔頭一邊喃喃自語，不知是說給暫居在頭上的大法師聽，還是後面的鬼面少女聽。

※◆※◆※◆※

西格爾走進位於地下室的小酒館，一推開大門，汙濁的空氣與不懷好意的目光立刻迎面撲來。

室內燈光昏暗，吧檯後面站著一個身穿泛黃制服的酒保，十張桌子裡面只有兩桌有客人。無論是酒保或客人都神色不善，彷彿隨時會拿起棍子把他轟出去一樣。西格爾無視這些人的目光，逕自走向酒館深處，那裡有一扇掛著「禁止進入」牌子的木門。

「站住，那裡不准進去。」

酒保大聲斥喝。兩桌客人紛紛站起，同時抽出藏在桌下的武器。西格爾猛然轉身，咚的一聲將匕首反手刺入身邊牆壁。這挑釁意味濃厚的舉動，反而讓酒保安靜下來，那些站起來的客人也回到座位上。

西格爾回身拉開木門，門後是一間小房間，房內僅有一張桌子。一名眼神陰沉的黑髮中年人坐在桌前，見到西格爾後，黑髮中年人咧開了嘴。

「喲、喲，看看是誰來了？黃金角笛的西格爾，上次見面已經是一年前了吧？很高興你還沒死。」

「早點把你這裡的破規矩改一改，每次都要浪費我一把匕首。」

西格爾一臉心痛地看著刀刃出現缺口的匕首。黑髮中年人聞聲大笑。

「嘎哈哈哈！這樣才分得出誰是自己人，哈哈哈哈哈哈！」

剛才的挑釁其實是一種暗號。要是做出匕首刺牆以外的反應，就代表來者不是「自己人」，屆時酒保與那兩桌客人就會真的殺上來。

「有什麼事，第六代？你最近有點出名呢，曼薩特跟加洛依都有人找你。」

黑髮中年人一邊蹺腿、一邊說道，臉上雖然掛著笑容，但有一種讓人覺得很不舒服的味道。

「別提了，全都他媽的盡是一些衰事。那兩次害我虧了一大筆。」

西格爾拉開椅子坐下，然後從口袋裡面掏出一張紙。

「我要這些，按老規矩計價。」

黑髮中年人拿起紙張看了一下，這是一張購物清單，內容有糧食、飲用水、武器，以及各式各樣的補給品。

「不買貨？」

「獸車滿了。」

「現金？交換？」

「現金。」

「看來你混得不錯嘛，以前老是喊著要以物易物的說。」

「當然是因為剛好沒有可以交換的貨，白痴。」

「嘎哈哈哈！說得好，不愧是黃金角笛第六代，這種小家子氣的精明完全沒變，跟前面幾代一模一樣，哈哈哈哈哈！」

黑髮中年人再次大笑，接著他壓低聲音，一副神秘兮兮的樣子。

「說真的，最近在幹什麼大生意？像你們這種到處跑來跑去的傢伙，不可能只買這點東西。你在幫人運什麼貨？要不要幫忙？」

黑髮中年人根據以往的經驗，得出了西格爾正在幹一票大生意的結論。所謂的幫忙，不過是想從中介入的藉口。

「跟貴族有關。你也想玩？」

「哪種貴族？」

「伯爵以上。」

黑髮中年人哼了一聲，那種層次不是他玩得起的。接著黑髮中年人瞇起雙眼，像是重新認識對方似的仔細打量著西格爾。

「呵啊！才多久沒見，你就出人頭地了啊！你跟桃樂絲扯上關係的傳聞，看來是真的了？」

「這個嘛，你說呢？」

西格爾不承認也不否認。幹他們這一行的，最忌諱將自己的底牌掀給別人看。在加洛依城事件中，他因為販賣變異戰蛛獸的甲殼碎片而被捉，然後立刻逃獄，會被認為是桃樂絲一黨在所難免。但自己究竟在桃樂絲一黨中擁有什麼樣的地位？這就是西格爾所隱藏的底牌花色。

西格爾也不擔心對方會去告發他，黑髮中年人在這一行也算是有頭有臉的人物，一旦他出賣「自己人」的消息傳了出去，想踩他上位的傢伙不會比繞著腐肉飛的蒼蠅少。

黑髮中年人從胸前口袋掏出一個金屬盒，他打開盒蓋，從裡面取出捲菸，放在油燈裡面點燃。

「……第六代，咱們也算是老交情了。」

黑髮中年人深深吸了一口菸，然後緩緩吐出。

「在你臉上還掛著兩串鼻涕，我就認識你了。第五代帶你過來的那一次，我現在還記得很清楚。當時我還在想，第五代怎麼會挑這麼一個呆頭呆腦的小鬼當繼承人？沒想到啊，那時的鼻涕小鬼，還真的變成精明的旅行商人了。」

「過獎了，我還比不上第五代。」
雖然不知道黑髮中年人為何開始回憶過往，西格爾還是很有耐心地附和對方。
「嘿嘿，能跟魔法師扯上關係，你的膽量與運氣已經超過第五代了。」
黑髮中年又吸了一口菸。
「不過我得提醒你，在魔法師眼中，我們其實跟螻蟻沒什麼差別，頂多就是力氣大點的螻蟻。要是太得意忘形，小心黃金角笛到你這一代就會結束。」
「這我很清楚。」
「清楚？不，你不清楚。」
黑髮中年人搖了搖頭。
「要是真的清楚，你就不會跟晨曦之刃扯上關係了。那群傢伙有多瘋狂，你不可能不知道。」
「晨曦……之刃？」
西格爾再也無法保持鎮靜，露出錯愕的表情。黑髮中年人奇怪地看著他。
「怎麼？別裝了，桃樂絲不是跟晨曦之刃結盟了嗎？這件事全雷莫都知道了。」

※◆※◆※◆※

「我跟晨曦之刃結盟了？」

當西格爾將打聽來的消息告知莫浩然之後，當事人一臉莫名其妙。

「我什麼時候跟晨曦之刃結盟了？晨曦之刃又是什麼東西？」

莫浩然還是第一次聽到晨曦之刃這個名字，他不知道自己曾在普列尼斯城郊外森林打倒過他們的人。

「您不知道嗎？果然，那些全是謠言。」

西格爾聞言鬆了一口氣，接著又露出狐疑的表情。

「您不知道晨曦之刃？」

「我幹嘛非得知道他們不可？」

莫浩然理直氣壯地反問。

這是他最近想到的新招式，一旦犯了某些常識性的錯誤時，就用這種方法應付對方的質疑。如此一來，對方只會覺得他是一個不曉世事的傢伙，甚至主動為他的無知找理由。有時比起閃避遮掩，堂堂正正地面對反而更不容易被人懷疑。

果然，西格爾這次也同樣被矇混過去。只見他點了點頭，然後簡單解釋了一下晨曦之刃究竟為何物。

「他們自稱革命軍，打著反對女王的口號，專門暗殺貴族。每隔一段時間，就會聽見有某某地方的貴族突然暴斃，然後他們就會跳出來說是他們幹的。那些傢伙行動的時候根本不考慮會不會波及無辜的人，為了殺掉一個貴族，他們甚至可以在水井投毒，讓好幾百人一起陪葬。」

西格爾咬牙切齒地說道。

莫浩然越聽越覺得熟悉，這支革命軍的所作所為簡直跟地球的恐怖組織一模一樣。

「唔，竟然有這麼惡劣的傢伙……」

就在西格爾滔滔不絕地訴說著晨曦之刃的惡行時，寄宿在莫浩然頭上的大法師也有了反應。

「你也不知道嗎？」

「不知道。這個組織是在我被關起來之後才出現的。」

「說不定跟你有關哦，他們的目的也是反對莎碧娜的統治。」

「誰說我反對莎碧娜的統治了？」

傑諾的聲音聽起來有些驚訝。

「咦？不是嗎？那你為什麼會被莎碧娜關起來？」

「這個嘛……理念不同吧。」

「理念？」

「一言難盡吶，反正我跟那個叫晨曦之刃什麼的絕對合不來。」

俗話說得好，敵人的敵人就是朋友，這句話雖然有道理，卻非絕對的真理。莫浩然也覺得自己跟晨曦之刃沒什麼共同語言，他對恐怖組織一向沒有好感。

「……大人？」

這時西格爾也停下嘴巴，有些憂慮地看著莫浩然，心想大人又發作了。

「什麼？啊，不，沒事，你繼續說。」

「哦，嗯，那個……因為晨曦之刃專門挑貴族下手，所以貴族也很討厭他們。您也知道，被貴族盯上有多慘，可是他們不但沒有被消滅，甚至越來越活躍。大家都認為晨曦之刃一定有很多魔法師，否則不可能做到這種事。有人猜，他們其實是阿瑪迪亞克王子的餘黨。」

「阿瑪迪亞克王子？」

又是一個沒聽過的名字。

「是啊。雖然阿瑪迪亞克王子死了，但是他有一批忠心的手下，這些手下繼承了阿瑪迪亞克王子的遺志，誓死反抗莎碧娜女王，因此組織了晨曦之刃……這是目前最可信的說法。」

「最可信？是最可笑的說法吧。阿瑪迪亞克那傢伙的人格魅力可沒大到這種地步，那傢伙只是個搞不清楚狀況的自大狂而已。」

傑諾又跳出來說話了，聲音中透露出毫不掩飾的輕蔑。

「你認識？」莫浩然反問。

「啊啊，稍微知道一點。那傢伙不可能有這麼忠心的手下，除非……」

「除非？」

「……不，沒什麼。」

傑諾語焉不詳地結束了這個話題。莫浩然本來想繼續追問，但是看到西格爾又用一副看見精神病患的眼神看著自己，於是乾咳一聲，要他繼續說下去。

「總之，晨曦之刃就是一個這麼可怕的組織。他們專門跟貴族作對，做事又不擇手段，正常人是不會想跟他們扯上關係的。聽到您跟晨曦之刃結盟的傳言，小人也是嚇了一跳。」

「不過，為什麼會突然冒出這樣的傳言呢？」

「咦？這、這個嘛……」

西格爾露出為難的表情。雖然他有打聽情報的管道，但欠缺分析情報的能力。並非人人都有辦法從紛亂的表象中找出事物的本質，能做到這種事的唯有智者。

「這是很簡單的計謀。」

剛好，莫浩然的頭上就有一個堪稱智者的存在。

「計謀？」

「嗯，計謀。也就是利用桃樂絲的名氣，增添他們的聲望。」

「這個計謀也太爛了吧，只要桃樂絲出面解釋就行了。」

「這樣他們就能知道你的下落。」

「知道我的下落要幹嘛？難道真的會跑來跟我結盟？」

「這也是一個選項，但我猜他們的目標是魔王寶藏。」

「魔王寶藏……」

莫浩然的目光不自覺地移向房間角落的長形木匣，裡面裝著他在魔王寶藏洞窟帶出來的禍式劍。

在打倒變異戰蛛獸後，莫浩然利用附近廢棄營地裡找到的材料，做了一個木匣，然後在傑諾的指點下為木匣銘刻封印紋陣，用來隔絕禍式劍與外界元質粒子的共鳴。

事實上，這把禍式劍是一把無法使用的武器。

由於無法順利運轉內藏的不穩定性變異元質粒子之力，使得任何人一旦接觸這把劍，就會被外洩的魔力燒死，莫浩然完全是因為體質特殊才能握持此劍。要是知道所謂的魔王寶藏竟然是這種東西，晨曦之刃恐怕會氣得吐血吧？

莫浩然轉回視線，發現西格爾已經在用絕望的眼神看著自己了。

「咳，不好意思，你繼續。」

西格爾搖了搖頭，神色看起來非常疲倦。

「小人知道的就只有這樣了。晨曦之刃非常危險，同時也非常神秘。至於其他方面的消息……啊，城主前幾天捉了一個獸人間諜，而且還受傷了。」

莫浩然只是哦了一聲。城主與獸人間諜跟他沒什麼關係，現在該注意的是晨曦之刃的動向。

（不過，其實也算不上什麼問題吧……）

莫浩然完全不想跟那種恐怖組織有所牽扯，他的目標只是把傑諾放出來而已。就算晨曦之刃宣稱與桃樂絲結盟，而且覬覦魔王寶藏，那又怎樣呢？只要自己不出面，那些麻煩就找不到他身上。

就在這時，房間的門突然打了開來。西格爾立刻轉身，同時拔出防身用的匕首。不過當他看見開門者的臉孔後，緊張的表情立刻變成諂媚的笑臉。

「原來是伊蒂絲小姐啊，嚇了我一跳。」

這位不事先敲門打聲招呼就闖入房裡的無禮者，正是有著美豔容貌與姣好身材的伊蒂絲。只見她抱著一個大箱子，搖搖晃晃地走進房間，西格爾見狀連忙上前幫忙，伊蒂絲也就順手將箱子交給他。

「唔哦，還挺重的呢。伊蒂絲小姐，這是什麼？」

「《爆熱青春戰記》、《烏拉的奮鬥》、《彩虹獵人》、《我的妹妹是有戀兄癖的超級魔法師》。」

「耶……？」

「這些是閱讀用的。因為書店目前沒貨了，收藏用與推廣用的兩套明天才能拿到。哎呀，真是太棒了，沒想到可以找到這麼多好東西。」

伊蒂絲雙手扠腰，一臉滿足地說道。

「等等，妳真的買了？妳哪來的錢？」

莫浩然訝異不已。就算是承接魔協委託，也不可能賺得這麼快。

「書店老闆送的。」

「送、送的？」

「嗯啊。我想知道要花多少錢，所以去魔協前先跑了一趟書店，然後書店老闆一直在旁邊囉嗦，我就把他綁住了。結果書店老闆突然一直哭一直哭，還說要什麼書都可以免費送我。」

「……」

莫浩然與西格爾不禁傻眼。他們大概猜得出究竟發生了什麼事：可憐的書店老闆以為自己冒犯了魔法師，於是送書作為賠禮。

「伊蒂絲……」

「嗯？什麼事？你也有想要的書嗎？明天一起去拿吧。」

「妳明天給我拿去退貨。」

莫浩然一臉認真地說道。

※◆※◆※◆※

就在莫浩然一行人進入克倫提爾城的當晚，在城內的某處宅邸裡，有一群人正圍著桌子在策劃著什麼。房間拉上了窗簾，唯一的照明源來自桌上的魔燈。魔燈不是普通人用得起的東西，由此可見這群人並不缺乏財力與地位。

桌上擺著一張大紙，這是克倫提爾城的城市地圖，各個重要設施都被人用紅筆圈了起來。

「已經確定了，沙納伯爵的受傷是真的。這是個好機會，我提議明天就發動計畫。」

其中一個人說話了，低沉的聲音中摻雜著些微的興奮。

「等等，這比上面指示的日期還早了五天。現在就發動會不會太快了？」

有人提出反對意見，數人跟著附和。

「是啊，擅作主張提早發動，恐怕會影響上面的布局。」

「若是引起銀霧魔女的警戒，反而得不償失。」

慎重論的說法逐漸占到上風，但激進派接著反駁了。

「這可不是在畫畫，只要照著草圖的線條描繪就好！因時制宜很重要！」

「整天喊著照計畫做，難道只要計畫做好了，就保證事情可以一切順利？」

「就算我們這裡成功了又怎樣？要是導致其他城市的計畫失敗，我們反而會變成組織的罪人！」

「少用那種自以為是大人物的口氣說話，我們只負責這座城市而已，其他城市自有別人去煩惱。重要的是把自己分內的事做好！」

「你這是強詞奪理！重要的是大局！」

雙方各有各的道理，一時之間誰也說服不了對方。

「夠了。」

最後，一名男子說話了。他以渾厚的靈威同時震懾雙方，言語的刀劍頓時從房裡消失。眾人用畏懼的眼神看著這名男子，明顯的，此人的地位在眾人之上。

「執行計畫時，最麻煩的地方在於如何對付城市的高端戰力。」

首領男子一邊收斂靈威，一邊緩緩說道。

「沙納伯爵負傷，我們在戰力的運用上可以更有彈性。就算提前發動計畫也無妨，只要不讓任何一個人出城，消息就傳不到銀霧魔女耳中，屆時也就沒有洩漏的問題。」

首領男子用炭筆在城市地圖的兩個地方畫圈，那兩個地方分別是城主府與魔力爐。

「重新分配戰力，務必以最快速度將這兩個地方拿下，然後打開魔力護壁，這樣就沒人逃得出去了。」

魔力護壁的開關在城主府，魔力爐則是負責供應城市公共設施的魔力，只要牢牢守住這兩處，克倫提爾城就是一個巨大的牢籠。聽完首領男子的布置，其他人紛紛點頭，這個計畫聽起來頗為可行。

「還有問題嗎？」

首領男子問道，沒有人回答。

「那麼，就這麼決定了——這一切都是為了迎接晨曦的降臨。」

「為了迎接晨曦的降臨！」

眾人同聲附和。

桌上的魔燈熄滅，房間重新陷入黑暗。

暴亂日 02

克倫提爾之亂

在末春之月十七日的上午，克倫提爾城市防衛軍團長丹迪伯爵按照事先安排好的行程，巡視新落成的軍官宿舍。

丹迪伯爵有著非常符合軍人風格的臉型與五官，不久剛過三十五歲生日，在軍中屬於少壯派。

不到四十歲就出任防衛軍團長，這在過去是難以想像的事，但在如今的雷莫，像丹迪這樣的人比比皆是。

一般說來，在兩個位階相同的貴族裡，家世背景深厚的那一個總是會被優先提拔，其次看的是年紀與資歷，最後才是能力優劣。但自從莎碧娜大人上位後，她不顧傳統派貴族的反對，毅然決然地將這個順序顛倒過來。

那些有著優秀才能，卻受到打壓的年輕人們終於躍上了舞臺，同時也成為銀霧魔女的忠實擁護者。

新落成的軍官宿舍帶有一股濃烈的油漆味，但丹迪仍舊不以為意地在裡面巡視。他的心情很愉快，這棟宿舍是他向沙納伯爵那個老頑固爭取來的，因此也可以看作是雙方對壘之後的戰利品。

防衛軍與城主府的步調往往互相衝突，如果兩方又分別是傳統派與少壯派的話，這樣的對立無疑會更加嚴重。當初丹迪伯爵上任時，見到那棟又髒又破的軍官宿舍時，立刻帶人跑去城主府堵門。

「如果你們堅持讓我們住在那種跟豬寮沒兩樣的地方，我們就讓你家變得比豬寮還不如！」

防衛軍在城主府門前大聲鼓噪，並且擺出不惜一戰的姿態。沙納沒想到對方竟然絲毫不顧貴族風度，幹出這種跟街頭混混沒兩樣的事，當場氣得高血壓發作。

「沒教養的毛頭小子！你這個魔法師中的敗類、貴族中的恥辱！」

沙納破口大罵，但也拿丹迪沒辦法。雖說兩人都是伯爵級魔法師，但是丹迪年輕力壯，戰鬥經驗豐富，真打起來沙納很難討得了好。

至於部下就更別提了，一邊是以凡人為主的警備隊，一邊是有眾多魔法師的防衛軍，勝負如何不用打都知道。

最後沙納只好認錯，答應重新修建新宿舍。

此事很快就傳遍貴族圈，兩邊都變成了笑話的題材，但丹迪壓根就不在乎，受傷最重的還是好面子的沙納。

「蓋得不錯，那老傢伙還算聰明，沒有給我玩什麼不入流的小手段。」

丹迪邊走邊點頭，那副趾高氣昂的模樣有如一頭巡視領地的獅子。

「諒他也不敢。」

「否則我們再堵他一次門！」

「乾脆直接把門也拆了，怎麼樣？」

身後的部下們紛紛大笑。

「請恕屬下多嘴，新宿舍落成固然值得高興，但要是跟駐守城市的關係弄得太僵，其實對我們沒有好處。」

在紛亂的笑聲突然響起一道不和諧的聲音。

說話的人是防衛軍第二大隊隊長布魯托，子爵級魔法師。跟四周的人比起來，他的年紀明顯大上許多。

丹迪不快地皺了皺眉，其他軍官也用厭惡的眼神望向這個不識趣的傢伙。

布魯托的發言算得上成熟穩重，但包括團長丹迪在內，沒有人在意他的建議。布魯托屬於傳統派貴族，被四周的同僚視為暮氣沉沉的老頭，他的言論一向不受重視。

「我會注意的。對了，幫我開個燈，布魯托。我要看看這裡的魔力線路有沒有偷工減料。」

「……是。」

布魯托走向門口。明明還有位階比他低的人，丹迪卻故意叫他去做事，排擠之意顯而易見。

「掃興的傢伙。」

「老是幫沙納說話，他有沒有搞清楚自己的上司是誰呀？」

「算啦算啦，都五十多歲了還是子爵，大概是跟沙納同病相憐吧。」

軍官們竊竊私語。他們的平均年齡不到四十歲，正值人生最顛峰的階段，對未來仍舊充滿信心。

他們將布魯托這種晉級無望、來日無多的老人視為反面教材，卻沒想到對方多年征戰的功績。這種自信近乎自大的態度，近來在年輕氣盛的新銳軍官之間蔚為風行。

「夠了，都是戰友，講話稍微有點分寸。」

丹迪低聲斥喝，軍官們頓時閉嘴。

突然，一股強烈的重壓感降臨了！

「唔……？」

「什麼……！」

包括丹迪在內的所有人同時跪地，他們突然驚覺自己的身體變得無比沉重，而且動彈不得。

反應快的人立刻在第一時間驅動魔力，但接著他們赫然發現自己竟然無法駕馭元質粒子！

這時，天花板、地面與牆壁顯現出無數的光之線條。

「紋陣！」

有人大叫。

那些光之線條正是由元質粒子所組成的特殊陣列，而且紋陣的數量不只一個。鈍化、重壓、鎖縛，這個大廳裡竟然銘刻了三個紋陣！這下再遲鈍的人也明白了，這是一個陷阱。

宿舍的建設工程是由城主府負責的，這些紋陣想必是在建造時就刻上去了，難道沙納想把他們幹掉好討回面子？他瘋了嗎！一想到這裡，丹迪的臉色瞬間變得蒼白。

就在這時，丹迪的視野中出現了一雙閃閃發亮的軍靴。靴子的主人正是剛才被叫去開燈的布魯托。丹迪的心情有如溺水之人遇到浮木，連忙求救。

「布魯托，你來得正好！我們被暗算了！快破壞這些紋……」

丹迪的聲音戛然而止。

因為他見到兩枚銀色的小圓筒掉到地上，朝著自己滾過來，而那雙靴子則是向後一轉，離開了大廳。

丹迪瞳孔猛然放大，他一眼就認出了那兩枚銀色圓筒的真面目。

焦炎魔彈！

瞬間，丹迪想通了事情的來龍去脈。

布魯托早就知道大廳裡刻了紋陣，他趁著開燈的時候，順便打開紋陣的魔力線路，將他們全部困在這裡。

就算沒有被自己叫去開燈，他也會找個藉口離開隊伍，以便發動紋陣。對方這麼做的目的只有一個，那就是讓他們死在這裡……

「布魯托——！」

丹迪大吼。

下一秒鐘，他的聲音被烈焰所吞沒。

※◆※◆※◆※

莫浩然表情鬱悶地走在大街上，四周行人紛紛走避，甚至有人還滿臉驚慌地向他躬身行禮。

這些人之所以這麼做，是因為看見一大堆箱子正浮啊浮的跟在莫浩然身後，再怎麼遲鈍的人見到了這一幕，也知道這位白髮少女是魔法師，而且還是一個心情不好的魔法師，因此不願靠近，免得惹禍上身。

「結果拿到更多書了。」

跟在身後的伊蒂絲說道，她的聲音冷靜，表示現在出現的是藍色人格。

「又不是我要拿的。」

莫浩然一臉不高興地回答。

「再回去一次，或許可以拿更多書哦。」

「妳還想拿？已經夠多了，車子都快塞不下啦！」

這時西格爾帶著苦笑勸慰莫浩然。

「唉，這個……小人之前就跟您說過了，還書什麼的根本不需要。」

「誰知道那個書店老闆會塞更多書給我啊！」

「這是當然的囉，誰叫您是魔法師呢。」

西格爾搖搖頭，語氣既無奈又羨慕。

昨天晚上，伊蒂絲帶著一大堆書回到旅館，聲稱這是書店老闆送她的禮物。以平民身分在法治觀念良好的國家活了十六年的莫浩然，實在很不習慣這種依靠權勢奪人財物的作法，因此一大清早就帶著伊蒂絲跟那些書回到書店，準備將書退回去。沒想到莫浩然到書店表明來意之後，書店老闆竟然當場下跪，哭著求莫浩然饒命，然後塞了更多書給他，讓莫浩然大為不解。

「笨蛋，他以為你想用這件事為藉口謀奪財產。」

最後是傑諾為他解開疑惑。

在魔力至上的傑洛，魔法師位於權力金字塔的最頂端。凡人早就對「魔法師買東西不付錢」這種事習以為常了，要是魔法師肯付錢，他們反而還會認為是陷阱，由此可知魔法師在這個世界的跋扈程度。

當初莫浩然第一次向西格爾買東西的時候，也是西格爾將莫浩然誤認為想要隱藏身分的魔法師，才敢大著膽子跟他做生意。倘若莫浩然一開始就亮出魔法師的身分，西格爾絕對不敢收錢。

所以莫浩然才會覺得鬱悶，明明好心想還別人東西，結果反而被認為是企圖藉機勒索的惡徒，這種遭人誤解的感覺實在令人很不愉快。

「那個，大人，我說啊——」

就在西格爾準備繼續勸慰莫浩然時，一道巨大的聲音打斷了他的話。

那是警鈴的聲音，刺耳、尖銳，毫無個性可言。

警鈴聲響徹全城，街上的行人頓時全部愣在原地。過了好一會兒，行人們紛紛回過神來，然後一邊尖叫、一邊拔腿狂奔。

緩慢的人流化為無序的激流，最後化為混亂的波濤。

「怎麼回事？」

莫浩然訝異地看著狼狽逃跑的人群，搞不懂發生了什麼事。

「大人！我們也快點回去吧！」

西格爾一臉焦急地說道，同時推開一個差點撞到他的中年男人。

「怎麼回事？」

「怪物攻城！等一下警備隊就會出來趕人了！」

莫浩然一聽，立刻轉頭跑向旅館，零、伊蒂絲與西格爾緊隨其後。在奔跑途中，頭上的傑諾為莫浩然簡單說明了一下警鈴的意義。

簡單的說，就是怪物突破了警戒區，即將攻擊城市。為了方便兵力與物資調動，街道必須迅速淨空，所有城市居民必須立刻回家，或是躲進最近的建築物。

「就是地球的空襲警報嘛……」

莫浩然喃喃自語，同時旅館已近在眼前。

就在他們即將進入旅館時，一道更加巨大的轟鳴聲蓋過了警鈴聲。

「魔力護壁打開了。」

傑諾淡然說道。莫浩然不由得停下腳步，轉頭望向遠方的城牆。

在轟鳴聲中，灰白色城牆開始發光。緊接著，一道半透明的銀色光幕籠罩了整座城市，彷彿有人用玻璃罩將城市整個蓋住似的。

這就是魔力護壁，城市的終極防禦系統。

將城市魔力爐的能源全部集中，化為最堅實的全方位壁壘。不管怪物是攻擊城牆或從天而降，都會被超高密度的魔力所灼傷，甚至直接燒死。由於魔力的消耗量非常大，因此魔力護壁不會輕易啟動。

莫浩然以前就聽過魔力護壁的大名，今天是第一次見到實物，那種將天空整個覆蓋住的震撼感，令人印象深刻。

「大人？」

西格爾疑惑地看著他，莫浩然輕輕搖頭表示沒事，然後走進旅館。與街道的忙亂比起來，旅館裡面平靜得像是另一個世界。

自從魔力護壁這項防禦系統問世之後，從未有過被怪物攻破的紀錄，因此只要躲進建築物裡就能夠安心了。

「根據小人過去的經驗，警戒令只要一、兩個小時就會結束了。大人要不要先來杯茶呢？」

「也好，順便來些點心吧。」

不知是不是錯覺，莫浩然覺得自己似乎感受到了零的視線，於是又補了一句：「要甜的。」

西格爾先將那堆書拿回房間，其他人則是坐在旅館大廳等待警報結束。侍者很快就將東西送了過來，零神色凝重地瞪著桌上的甜甜圈，彷彿面對的是生死大敵。

「吃吧。」

莫浩然拿起一個甜甜圈張口就咬，味道比想像中的還要好。

零看了看莫浩然，又看了看甜甜圈，在經過一段長達五秒鐘的猶豫後，她伸出右手，慎重地拿起甜甜圈，然後仔細地凝視著它，像是在鑑賞藝術品一樣，遲遲沒有下口。

「妳不吃嗎？」

莫浩然問伊蒂絲，她搖搖頭。

「有水就夠了。」

伊蒂絲的身體由魔力植物尼米涅茲所組成，不需飲食，只要吸收大氣中的魔力就能存活，實在方便。

這時西格爾也回到了大廳。

「……大人，情況不太對勁。」

西格爾低聲說道，表情有些凝重

「怎麼了？」

「我剛剛看了一下，外面沒有軍隊，也沒有警備隊。」

照理來說，城市防衛軍這時應該在城門處集結，警備隊也會出來淨空城市街道才對，但不知為何，雙方竟然到現在都還沒露面。

「哦？這是怎麼回事？」

莫浩然一邊問，一邊將紅茶送入口中。

就在這時，警鈴聲消失了。

「——通告所有市民。」

取而代之的，是響徹全城的廣播，就連身處室內的莫浩然一行人也聽得到。

「通告所有市民。我們是革命軍『晨曦之刃』，是一群為了開拓雷莫的未來而戰的勇者。就在剛才，我們在愛國志士桃樂絲小姐的領導下，成功攻占了城主府。」

「噗——！」

莫浩然將紅茶噴了出來，然後拚命咳嗽。

「如今本城已在我們的掌握之中，沙納伯爵也同意將城主之位讓予桃樂絲小姐，請各位市民不要驚慌，也不要做出無謂的反抗，否則我們無法保證你們的安全。再重複一次……」

廣播仍在繼續。

雷莫曆一四〇六年，末春之月十七日的上午十點，克倫提爾城發生了銀霧魔女任內第一起民間暴動。

根據事後的官方紀錄，這起暴亂的起因乃是兩個地下組織互相衝突。由於桃樂絲與晨曦之刃攻占了城主府，連帶造成了警備隊的無力化，使克倫提爾城的犯罪分子有了活動的空間。

這起民間暴亂便是這些犯罪分子的試探性行動，當他們確定警備隊不會出現的那一刻，克倫提爾城的大動亂也跟著揭開序幕。

最初，擁有前科的罪犯開始四處劫掠，他們毫不客氣地闖入商店或住宅，做出各種醜惡的劣行，甚至在事後放火燒掉所有證據。犯罪的氛圍有如惡性傳染病，以可怕的速度般四處蔓延，很快的，就連一般人也開始加入這場罪惡的盛宴。

晨曦之刃聲稱奪取了城市的控制權，卻遲遲不肯出面鎮壓暴亂，他們的縱容使得事態急速惡化。

「目前暴動僅限於外城區，內城區的貴族們依然保持沉默。因為魔力護壁的緣故，沒有人逃得出去。」

西格爾帶著憂慮的神情，向莫浩然報告外面的情況。廣播一結束，他就立刻跑去外面打聽消息。

「另外……外城區有人託小人帶話給您，請您手下留情，再這樣下去，城市遲早會崩潰。」

「什麼叫手下留情啊？又不是我幹的！」

莫浩然忍不住提高了聲音。

「這個……小人也知道不是您做的，可是大家都這麼認為……」

「嘖！」

莫浩然知道再怎麼怪罪這些人也沒用，因此只是咋了咋舌。他走到窗戶旁邊，外面的街道出現了好幾處火災，但是幫忙滅火的人卻寥寥無幾。有人逃跑，有人互毆，有人搶劫，就算隔著玻璃，也能隱約聽到怒吼與尖叫。街上倒臥著數具屍體，他們身上的衣服與值錢物品都被拔光。

暴民們的目標是金錢與物資，因此攻擊的對象多以商店為主，只是再這樣下去，有錢人的住宅很快就會變成下一個目標。這間旅館不久前也遭到了襲擊，不過很快就被警衛擊退。

「那些傢伙究竟想幹嘛？為什麼要把這件事栽贓到我頭上？」

莫浩然咬牙切齒地問道，聲音中隱藏著灼熱的憤怒。

「之前不就說過了？這只是簡單的計謀。」

頭上的大法師冷靜地回答。

「如果你不出面，剛好可以利用你的名氣；若是你真的出面，就搶走魔王寶藏。無論你選哪一個，他們都不吃虧。」

「他們已經知道我在這裡，才會做出這種事嗎？」

「應該只是巧合。我猜他們在其他城市也做了類似的事，至於情況是不是像這裡這麼嚴重，那就不好說了。」

莫浩然握緊拳頭，他從沒有像現在這樣憤怒過。

「事情已經發生了，再怎麼咒罵也無濟於事。現在的問題在於，你想怎麼做？坐視不理嗎？或是阻止他們？」

「我——」

「順便提醒一下，你不必感到愧疚。晨曦之刃才是罪魁禍首，沒有必要將他們的罪孽強加在自己身上。如果你因為罪惡感而現身，反而會中了他們的計。」

「……」

「不知情的人或許會將這怪罪到你頭上，但那又怎樣？反正你本來就不是這個世界的人。」

傑諾的話語宛如冰冷的刀刃，莫浩然有一種胸口被刺穿的錯覺。沸騰的憤怒急速降溫，化為強烈的暈眩感。

窗外的景色看起來有些扭曲。

（——不必感到愧疚。）

傑諾說得沒錯，需要為這場災禍負責的是晨曦之刃，而不是他。

將一切的過錯都推給他人、推給社會、推給命運，將自己視為無辜的受害者，認為自己才是站在正義的一方。這種轉嫁責任的卑劣招數，正是缺乏羞恥心的惡徒最愛用的手法。

就算他沒有來到這座城，同樣的事情還是會發生，自己只是適逢其會而已。

（——善意不一定會引來善意。）

被捲入暴動的市民雖然可憐，但這與他無關。

（——不要期待他人的救贖。）

更何況，他本來就不是這個世界的人。

（——別再天真了。）

過去的記憶掠過眼前。

家庭破敗。

殘酷的現實。

自己的痛苦只能由自己來背負。

「我……」

像是綁了沉重的鉛塊一樣，莫浩然緩慢地舉起自己的右手。

然後，朝著前方張開手掌。

一枚光彈從掌中射出！

光彈擊破窗戶，最後在街上炸裂開來。一名正準備對小女孩施予暴行的男人被眼前的爆炸嚇一大跳，滿臉驚慌地逃跑了。

「伊蒂絲！」

莫浩然轉身大喊，坐在床上看書的魔力傀儡立刻將頭抬了起來。

「我想拜託妳一件事。妳能夠阻止外面的暴動嗎？」

「我？」

伊蒂絲用纖細的食指點了點自己。

莫浩然什麼話也沒說，只是一直看著她。

他的眼神已經沒有迷惘。

魔力傀儡先是愣了數秒，然後牽起嘴角，露出美麗的微笑。

「沒問題。」

莫浩然轉頭看向西格爾。

「你跟伊蒂絲一起行動，可以嗎？」

旅行商人躬身行禮。

「這是小人的榮幸。」

莫浩然單手抬起裝著禍式劍的木匣，然後縱身一躍，直接從破掉的窗戶跳出去。

「上吧！」

桃樂絲一黨，正式出擊！

※◆※◆※◆※

厚重的鐵門被打了開來，一名男子站在門口，手中的提燈照亮了房間。

這個房間沒有窗戶，空氣中充滿了臭氣與溼氣。被鎖在牆上的老人抬起頭，睜開眼睛望著門口的男子。

老人髮鬚斑白，臉孔上滿是血汙，豪奢的衣服有多處裂口，骯髒程度只比抹布好上一點。

「您看起來真狼狽，伯爵大人。」

男子開口說道，聲音中充滿嘲諷之情。

老人的眼睛此時終於適應了光線，當他見到男子的臉孔之後，表情先是困惑，接著恍然大悟。

「……原來是你，布魯托。」

老人的音量並不大，甚至可以說是平靜。布魯托挑了挑眉毛，對於老人的態度感到意外。

「我以為您看到我之後，會表現得更激動一點。」

「哼。活到老夫這把年紀，什麼事情沒見過？從被關進地牢後，老夫就知道你們這些垃圾在想什麼了。」

「用垃圾來形容我們未免太過分了。我們是憂心雷莫的未來，誓言要把國家導回正軌的革命者。」

「哈、哈哈哈！咳！咳咳！哈哈！咳！」

老人先是大笑，然後因為喘不過氣而猛烈咳嗽，即使如此，他還是邊笑邊咳。布魯托什麼話也沒說，只是冷眼看著老人。

「哈哈……咳……把國家導回正軌？革命者？」

老人輕蔑地看著布魯托。

「這是老夫這輩子聽過最好笑的笑話。想導正這個國家的話，那就堂堂正正的來，不要只會用一些上不了檯面的陰險手段！像老鼠一樣偷偷摸摸到處打洞，把雷莫啃得千瘡百孔的人，不正是你們這些傢伙嗎！」

「非常時期只能行非常之舉。歷史由贏家書寫，只要成為勝利者，惡行也能美化成善舉。」

「你們以為自己會贏嗎？別笑死人了。」

「現在被關在牢裡的是您，而不是我，這不就是最好的證明嗎，伯爵大人？」

老人冷哼一聲，沒有回答。

克倫提爾城只有兩個伯爵，一個是城主沙納，另一個則是防衛軍團長丹迪。在丹迪已經死亡的現在，老人的身分呼之欲出。

「伯爵大人，我知道您也對銀霧魔女的統治感到非常不滿，既然如此，何不跟我等聯手？」

布魯托的表情突然一變，誠懇地發出邀請。

「您的威望在貴族之中無人可比，只要您出面號召，必定有無數的愛國志士願意響應。只要大家齊心協力，必定可以將銀霧魔女從王座上拉下來，讓雷莫走上富強的道路，而不是像現在這樣，讓一堆只會賣弄嘴皮子的雛鳥腐蝕國家。」

沙納沒有回答，只是瞇著雙眼瞪視對方。布魯托沒有迴避老人的視線，他堅信自己的所作所為是正確的，因此眼中充滿自信與正氣。

「丹迪呢？那傢伙怎麼了？」

過了好一會兒，沙納終於開口，問的卻是防衛軍團長的下落。

「丹迪大人因為執迷不悟，所以先去另一個世界等銀霧魔女了。」

「這樣啊？很好。老夫的答案是——不要！」

沙納語氣堅決地說道。

「……為什麼？您明明反對銀霧魔女，為何又要對她盡忠？難道您以前的正直與公

平，只是博取名聲的表演？」

面對布魯托的詢問，沙納只是不停冷笑，明明身陷牢籠，但他的眼神卻毫無畏懼，彷彿在俯視下位者一樣。如此眼神讓布魯托感到十分不爽，他瞬間湧起一股痛揍對方的衝動。

「小子，你根本沒有搞清楚狀況！」

沙納的口氣變得嚴厲。

「老夫對女王的治政方針有意見，但這不代表老夫就一定認同你們的主張。在老夫看來，你們這些鼠輩比女王更討厭！憂國憂民？愛國志士？說得真好聽。從你剛才所說的那些話，老夫就已經聽出來了，你們只不過是一群嘗不到改革的甜頭，只好抱在一起取暖的失意者！」

沙納的閱歷何等豐富，因此一眼就看穿眼前這個男人的本質。

布魯托的話語裡不時透露出對於年輕上司的不滿，卻對雷莫的政治或經濟問題絕口不提，換言之，他反對銀霧魔女的理由，並不像口中說的那樣是為了公理與正義，更多是基於私怨。

由此看來，他所投靠的晨曦之刃也不過是這種程度的東西而已。

「還有，你們的想法太天真了。只要大家齊心協力就能推翻女王？可笑！要是靠人多就能對付王級魔法師，雷莫……不，整個傑洛的政治體制就不會是現在這個樣子了。也只有像你這種沒見識的笨蛋，才會相信這種蠢話！」

布魯托額頭露出青筋，雙拳緊握，差點要一腳踹爆老人的腦袋。但是想到上面的命令，他便深深吸了一口氣，努力壓抑心中的憤怒。

「魔法師也不是無敵的，只要做好充足的準備，就算是王級也能打倒……沒錯，就像現在的您一樣。」

沙納聞言再次冷笑。

「沒錯，老夫被關住了，但那是因為老夫受傷在先。要不是這樣，老夫一個人就可以殺光你們。」

即使身陷牢獄，沙納依舊充滿自信。

沙納是伯爵，布魯托是子爵，雖然位階只差了一級，但實力差距卻無比巨大。按理來說，只要四位子爵就能壓制一位伯爵，那終究只是理論。像沙納這樣的老牌伯爵，其操魔技術根本不是布魯托這種年輕人能夠比擬的，真打起來，十個布魯托也贏不了一個沙納。

就在這時，牆壁的另一側突然傳來巨大的撞擊聲，同時牢房的地板也跟著聲響搖晃了一下。

「……可怕的傢伙。」

布魯托望向牆壁，臉色變得有些難看。

巨響與地震的源頭，來自於牆壁另一側的犯人。那是沙納不久前逮到的獸人間諜，為了這件事，防衛軍死了不少人，最後還是沙納與丹迪聯手才把獸人間諜制伏。

獸人是一個身體性能非常可怕的種族，不僅力大無窮，恢復力更是強得匪夷所思，就算把他們的手腳筋挑斷，過沒多少就能夠長回來。為了關住這個獸人間諜，城主府特地準備了用紋陣加固過的牢房與鎖鍊，沒想到對方在四肢被捆綁的情況下，還能做出這樣的反抗。

「如果不是因為這個獸人間諜，你以為你們捉得住老夫？」

沙納的聲音讓布魯托回過神來。

「當然可以。您以為丹迪伯爵是怎麼死的？」

「哼，這有什麼好猜的。用紋陣、用魔獸、用魔導武器，不外乎這些手段罷了。設陷阱圍殺一個魔法師不是難事，重點在於需要付出什麼樣的代價。但就算這樣，你們也只能殺了丹迪，卻無法活捉他。」

布魯托一時間無言以對。

沙納說得沒錯，他之所以會殺掉丹迪，除了私怨以外，更多是因為無法活捉。高位魔法師對低位魔法師的靈威壓制可不是開玩笑的，只要被對方逮到一點機會，情況就會瞬間翻盤。

為了這一次的行動，布魯托把組織撥給他的資源全部用光了，其中絕大部分都用在製造困殺兩位伯爵的陷阱上。

原本的計畫是想辦法讓沙納與丹迪一起巡視宿舍，然後同時解決兩人，只是因為沙納受傷才會臨時變更。光是對付一位伯爵就這麼辛苦了，何況是王級魔法師？

「……總之，您最好認真考慮一下我的提議。要是上面失去耐心，您的腦袋隨時有可能不保。就算您不愛惜自己的性命，也要為家人著想。」

「你以為用人質可以威脅老夫？」

沙納再次冷笑。

「老夫家裡，有前途的人都送去首都了，留在城裡的盡是一些不成材的傢伙。要殺儘管殺！淘汰掉沒用的傢伙，日後我沙納家搞不好更加興旺！」

布魯托眼角抽動了一下，既為老人的冷酷而震驚，也為自己想不出對付他的辦法而無奈。

最後他冷哼一聲，不甚愉快地離開了牢房。

布魯托從陰森的地下回到地上，在溫暖陽光的照耀下，剛才在牢房裡積蓄的不滿彷彿也像是春雪般逐漸融化了。

「……果然人類這種生物，還是應該活在陽光下才對。」

布魯托喃喃說道。他覺得此時的自己像詩人多過於軍人，恐怕是計畫成功的興奮與喜悅，喚醒了他心中那為數不多的感性吧。

克倫提爾城本身就有一座監獄，但那是用來關押一般罪犯。城主府的地底下另外修築了一個小型監獄，這是為了魔法師罪犯或特殊犯人而建造的。沙納伯爵與獸人間諜便是關在城主府的地下牢房。

布魯托走進城主府辦公室，有數人已坐在裡面等他。

「諸位，我們的計畫已獲得初步的成功。」

坐進沙發後，布魯托開口說道。

其他人沉默地看著布魯托，有的神色恭順，有的隱含不服，有的不以為然，但無論是哪一種，都沒人反駁布魯托的勝利宣言。

布魯托點了點頭，眾人的反應讓他感到滿意。

雖然布魯托名義上是這群人的首領、克倫提爾城叛亂計畫的主持者，但屬下們並不完全服從他的指揮。

這群人裡面有兩位子爵級魔法師，與布魯托相同位階，平時誰也不服誰。但現在叛亂計畫在布魯托的支持下成功了，沙納被擒，丹迪已死，這是鐵打般的事實，就算是先前那些反對提早發動計畫的人，此時也只能乖乖閉嘴。

「我們有了一個好的開始，接下來要怎麼做，就取決於上面的意思了。在上面發布指示之前，我想繼續保持封城狀態，免得消息洩漏，引來銀霧魔女的注意。」

「你的意思是，你打算一直開著魔力護壁，直到上面回覆為止？」

質疑的聲音很快就出現了，說話的是一位紅色捲髮的中年人。

「沒錯，有什麼問題嗎，傑克特？」

被稱為傑克特的中年男子誇張地擺了擺手，一臉難以置信的表情。

「哇哦，我真不敢相信我聽到了什麼。布魯托，你以為傳遞消息給上面，然後等上面發下新的指令給我們，這之間要花上多久時間？至少要三天！三天啊！連開三天的魔力護壁？你想把魔力爐燒掉嗎？」

傑克特以戲謔的語氣說道，他與布魯托同為子爵級魔法師，因此說起話來也不怎麼客氣。

「把公共設施全部關掉就行了。」

「全部關掉？把能源系統、供水系統、通訊系統、衛生系統全部關掉？太好了，這樣只要一天，整座克倫提爾城就會開始暴動！哦，不，不用一天，我接到消息，外城區已經出現暴動了。」

「那些賤民怎麼樣都無所謂。」

「那內城區呢？」

另一個留著落腮鬍的男子也跟著開口。

「你想跟克倫提爾的所有貴族為敵嗎？城裡至少還有四位子爵，在戰力上我們沒有優勢。」

此人名叫波坦列夫，子爵級魔法師，同樣看布魯托不順眼的人之一。在沙納與丹迪兩位伯爵級被踢出棋盤後，子爵級便是克倫提爾城的最高戰力，一邊有三個，一邊至少四個，孰優孰劣只是一道簡單的數學題。

「我們有桃樂絲。」

布魯托牽動嘴角，露出冷酷的笑容。在場眾人，包括傑克特與波坦列夫在內，聞言全都為之一愣。

桃樂絲？那不是上面要他們對外放出的假消息？這傢伙到底在說什麼啊？

「哼，難道你們還不懂嗎？殺掉丹迪、打敗沙納的人，就是桃樂絲沒錯。她現在就在城裡，待在這座城主府裡。要是有哪個貴族覺得自己的脖子比伯爵還要硬，就讓他們過來好了。」

疑兵之計！眾人恍然大悟。

在晨曦之刃的蓄意造勢下，桃樂絲的大名早已傳遍雷莫的大街小巷，甚至有人認為她是即將挑戰公爵級的侯爵級魔法師。

布魯托便是打算利用她的名字震懾城裡的貴族們。就算有人懷疑也不一定敢出面，畢竟沒人喜歡賭命。

「不行，太危險了！這種騙術不可能瞞太久！」

傑克特大聲反駁。

「只要撐過這幾天就夠了，不是嗎？」

「但是——」

「算了，傑克特，試試看也無妨。」

「波坦列夫？你？」

傑克特猛然轉頭，訝異地看著波坦列夫。要是按照布魯托的方法行事，就算計畫成功他們也不會撈到多少功勞，屆時布魯托將會踩到他們兩人頭上。波坦列夫不可能看不出這一點才對。

「能成功自然最好，就算被人看穿，也不會是一時半刻的事。我們可以趁機說服其他子爵，或是乾脆誘殺他們。不管怎麼樣，桃樂絲這張牌絕對可以幫我們爭取到緩衝的時間。」

「波坦列夫子爵果然是個明白事理的人。」

布魯托點頭說道，誰都聽得出來他在諷刺誰。

傑克特的臉色因憤怒而漲紅，但他強迫自己忍了下來。現在是二比一，形勢對自己不利，再糾纏下去只是自取其辱。

「外城區的暴動怎麼辦？要鎮壓嗎？」

波坦列夫問道。布魯托一臉無所謂的擺了擺手。

「不用管它。反正只是賤民而已，死多少都沒關係。我還希望他們鬧得越大越好，讓內城區那些傢伙再忙一點。」

絕大部分的貴族在外城區都擁有產業，為了保護自己的利益，他們將不得不出面阻擋暴民。如此一來，貴族集團的力量勢必分散，對他們的威脅自然就下降了。

「你還真是什麼都考慮到了。」

波坦列夫深深看了布魯托一眼。一旁的傑克特則是暗暗咬牙。

隸屬防衛軍的布魯托來自外地，波坦列夫與傑克特卻是土生土長的克倫提爾人，他們在外城區也都各有產業。

布魯托的作法不只分散了內城區貴族的力量，也連帶削弱了波坦列夫與傑克特兩人的實力。

這個男人的心計比他想像的還要深沉……或者說狠毒。波坦列夫心想。

「那就這麼決定了。讓我們看看外城區的賤民能為我們帶來什麼好戲吧。」

布魯托轉頭望向窗外。

看著從外城區竄起的火焰與濃煙，他露齒微笑。

※◆※◆※◆※

在火焰與濃煙為背景的街道上，有數十名男子正在奔跑。

他們手中握著棍棒、鐮刀或鐵鍬等武器，上面沾滿鮮血。每個人都提著一個背包，裡面裝滿了值錢的財物，有人甚至連口袋都塞得鼓鼓的。這些人的表情凶戾，眼中充滿貪婪與暴虐。

他們大多都是混跡街頭的無賴漢，平時遊手好閒，以擾亂治安為樂。當克倫提爾城失去了維持秩序的力量後，這群人立刻趁機作亂。他們襲擊店鋪、攻擊他人、姦淫擄掠，徹底展現出人類醜惡的一面。

他們剛才成功搶劫了一間珠寶店，不僅把裡面的東西席捲一空，還順便把裡面的店員殺光了。

他們根本不在乎與對方有沒有仇，只是單純覺得這樣應該會很爽，所以就直接動手了。在欲望的驅使下，他們的理性已經退化到比三歲幼兒還不如的程度。

這群暴徒一邊哄笑、一邊奔跑，他們的目標是另一間珠寶店。

這時，他們發現有人從街道的另一端走了過來。

暴徒們沒有停下腳步。開玩笑，他們有十幾個人！誰敢擋路就殺誰！

隨著距離的接近，暴徒見到了對面來者的臉孔，接著他們個個瞪大了雙眼，呼吸頓時變得急促。

那是一名有著異色雙眸，長相異常美麗的銀髮女子。

這群暴徒從沒見過如此漂亮的美女，無論是那頭宛如星屑灑落般的銀髮，還是那彷彿寶石般深邃的藍紅雙眸，都美得不像是這個世界的東西。下一瞬間，每個人的眼睛都布滿血絲，目光中燃燒著醜陋的欲望。

但是，暴徒們突然不約而同地停下了腳步。

他們臉上的表情在短短的一秒內，由暴虐轉為疑惑，再由疑惑轉為驚恐。因為他們赫然發現自己竟然動不了了！

暴徒們就像是被無形的繩索牢牢捆綁似的，身體完全不聽使喚，不只是說話，就連眨眼也沒辦法，唯一能做的動作就只有呼吸而已。

是魔法！

這個女的是魔法師！

暴徒們的眼神中再也看不到貪婪，只剩下無限的恐懼。其中有一、兩個稍有見識的傢伙，在恐懼中還帶有一絲困惑。

為什麼要對他們這些小角色用魔法呢？妳放出靈威就好了啊！要是知道妳有靈威，白痴才會靠近妳！

事實上，這些人誤會了伊蒂絲。

伊蒂絲不是故意掩蓋靈威，而是根本沒有靈威。

不知是否因為身為魔力傀儡的關係，伊蒂絲雖然擁有媲美侯爵級的操魔技術，卻沒有辦法放出靈威，同時也跟莫浩然一樣不受靈威的影響。

因為伊蒂絲沒有靈威，所以一般人只會將她當作凡人……然後就會跟這些暴徒一樣輕易中招。

伊蒂絲沒有對這些暴徒做些什麼，只是從他們之間穿過去。莫浩然只叫她阻止外面的暴動，所以她也就只是「阻止」而已。

伊蒂絲離開了，但魔法依舊存在。

暴徒們被鎖縛之型牢牢定在原地，眼見伊蒂絲離開了，什麼也不做就離開，他們忍不住鬆了一口氣。

但是他們很快就笑不出來了。

街道的另一端又出現了人影，而且不只一個，是七、八個。見到這些人後，暴徒們不禁瞪大了雙眼。他們原本就是無賴漢，因此多少認得一些幫派分子。這些幫派分子跟他們這些遊手好閒的人不一樣，他們是真正混跡於地下社會的狠角色。

在外城區，檯面上的秩序由警備隊維護，檯面下的秩序由他們說了算。眼前這群人裡面，正好就有幾個他們認識的「地下秩序維護者」！

新出現的這群人同樣手持武器，但並非暴徒們手中的棍棒或鋤頭，而是貨真價實的刀劍。

他們先是打量了一下暴徒手中的武器與提包，然後直接就是一劍。暴徒們連求饒的機會也沒有，就這樣落下了人生的帷幕。

暴徒人數雖多，但根本動彈不得，只能眼睜睜看著這群人收割他們的生命。唯獨走在最後面的兩人沒有動手，他們分別是有著黃棕色眼珠與頭髮的青年，以及眼神陰沉的黑髮中年人。

「你看，我說得對吧？」

西格爾用炫耀似的語氣問道，黑髮中年人只是簡短嗯了一聲。

「就像你看到的一樣，桃樂絲大人本來就沒有介入這場動亂的打算，全是晨曦之刃那些傢伙借用她的名字在亂搞！現在桃樂絲大人也對他們很不滿，特地派出她的得力手下幫你們。」

黑髮中年人依然只是嗯了一聲，看著伊蒂絲離去的方向，不知在想些什麼。西格爾與對方認識的時間也不算短，知道黑髮中年人正在思考這是不是陷阱。

這時，黑髮中年人的手下終於將那些暴徒殺光了。其中一位手下走了過來，將一枚銅戒拿給黑髮中年人。

「其中有一個是瘋狗的人。搶的是毒蛇的店。」

黑髮中年人接過戒指仔細看了看，然後將戒指扔到地上，用腳重重一踩。

黑髮中年人正是克倫提爾外城區「地下秩序維護者」的首領之一。

像他們這樣的人，其實非常討厭像現在這種混亂不堪的環境，因為那會打破他們好不容易建立起來的地下秩序。

野心家或許會想趁勢擴張勢力，但希望維持現有秩序的既得利益者也不少，黑髮中年人屬於後者。

「瘋狗這傢伙，腦子裡面裝的全是屎！」

黑髮中年人臉色猙獰地低喊。顯而易見的，那個被稱為瘋狗的人，正是企圖趁亂上位的野心家。

「有了第一個，就會有第二個哦。」

西格爾在一旁煽風點火。黑髮中年人瞄了他一眼，然後轉頭看向手下。

「聯絡飆馬跟喪刀，下面有人坐不住，該是把那些傢伙的屁股削掉的時候了。」

「可是他們之前說……」

「叫他們派個人過來，看看我們這邊的幫手來頭有多大。對吧，第六代？」

黑髮中年人望向西格爾。

「那是當然。」

西格爾躬身行了一禮，沒有貴族的優雅，反而充滿滑稽的味道。黑髮中年人總算笑了，然後繼續帶著手下追在伊蒂絲後面，準備把那些「擾亂秩序」的傢伙好好收拾一番。

就這樣，西格爾成功說服了克倫提爾城的地下勢力，參與這場外城區的平亂工作。

「不知道大人那邊怎麼樣了……」

回頭望著遠方的城主府，西格爾喃喃自語。

※◆※◆※◆※

在西格爾的想像中，莫浩然應該會霸氣十足地穿過內城區，直闖城主府，一路上勢如破竹，所向披靡，凡是擋住他去路的東西，一律殺無赦。畢竟在旅行時，他可是親眼見到莫浩然打倒了無數怪物。

遺憾的是，西格爾的想像並沒有實現。

此時的莫浩然，正在一條伸手不見五指的通道裡快速移動著。這條通道又寬又大，並且流淌著充滿惡臭的黑色汙水。

這條通道的真面目，乃是用來排放城市汙水的地下水道。

利用地下水道闖入城主府，這是傑諾出的主意。

「一路殺過去？可以呀，要是你想被圍毆的話，那就這麼幹吧！」

當莫浩然打算攻擊緊閉的內城區城門時，傑諾用像是在教訓不成材學生般的語氣如此說道。

一旦打破城門，必定會引來敵人的注意。

莫浩然很清楚，以他現在的實力，對付城外的怪物沒問題，但對付人類就有點難度了。論劍術，他比不過最低階的騎士；論魔法，他比不過正牌的魔法師。一對一的話還有勝算，兩個以上的敵人就得逃命了。

對人戰鬥與對怪物戰鬥是兩碼子事，千萬不能混為一談，要是莫浩然真的敢玩單兵突進，在對方有組織的進攻下，死的只會是他自己。

如果傑諾能夠支援他更大的魔力領域，擴大靈威壓制的影響範圍，莫浩然就會有以一敵百的本錢，但傑諾曾經警告過，那樣做對莫浩然的靈魂負擔太大。傑諾平時支援的魔力領域大約半徑三十公尺，最多不會超過半徑五十公尺，也就是男爵級魔法師的最低標準。

既然無法強攻，就只能智取。傑諾提議從城市的地下水道偷溜進去，因此才會有現在這一幕。

莫浩然在地下水道快速奔跑，零緊跟其後。這裡的汙水雖然深及成年人的腰部，但兩人的移動卻沒有濺起任何水聲。原因很簡單，因為莫浩然與零根本沒有接觸到水，他們是在水面上移動的。

這就是莫浩然這陣子的練習成果——「浮遊之型」。

或許是當初為了逃命而拋棄捷龍的刺激，自從離開加洛依城後，莫浩然便要求傑諾教他浮遊之型，練習魔法也變得更加認真。

浮遊之型的原理，是一邊在腳底凝聚魔力臺階，一邊用瞬空之型推動身體，在移動系魔法中屬於高級技巧，為了學會這個魔法，莫浩然吃了不少苦頭。

「過兩個岔路後右轉，應該會看到一條比較小的通道，穿過去，然後右轉直走。」

傑諾的指示聽不出一絲猶豫，彷彿非常熟悉地下水道的路線。

莫浩然依言而行，果然看到了那條小通道。

「話說回來，你怎麼會知道這裡要怎麼走？以前來過？」

穿過小通道時，莫浩然忍不住發問。

「雷莫的地下水道有固定的路線模組，來來去去就那幾套，背下來就好。」

「誰沒事會去背那個啊？」

莫浩然立刻吐槽。

「以前曾利用地下水道做了些事，當時順便把所有模組都背下來了。沒想到會在這裡派上用場。」

「順便？你還真閒。」

「這叫有備無患。啊，兩個岔路後左轉，然後在第三道梯子那邊停下來。上面就是城主府。」

「哦。」

莫浩然很快就見到傑諾所說的梯子。事實上那並非梯子，而是鑲嵌在牆面上的扶手，因為溼氣的緣故，表面鏽蝕得很嚴重。莫浩然立刻爬上梯子大口喘氣，雖然空氣惡臭不堪，但這時也只能忍了。

施展浮遊之型需要相當大的集中力，對於精神與肉體都是不小的負擔，莫浩然才學會不久，只維持幾分鐘就覺得有些吃力了。相較之下，一旁的零不僅呼吸毫不紊亂，甚至到現在還依然用浮遊之型站在水面上。

看到鬼面少女那若無其事的姿態，莫浩然深深體認到兩人之間的差距。

休息了好一會兒，莫浩然開始攀爬梯子。他小心地將頭上的沉重鐵蓋頂出一條縫隙，然後透過縫隙向外窺探。

外面一片漆黑，但這難不倒可以目視元質粒子的他。在確定外面沒人後，莫浩然爬了上來，然後是零。

這裡是一間堆滿雜物的小房間，空氣中飄著一股霉味，地上積了一層薄薄的灰塵，代表這裡好一陣子沒有人來了。

「這裡應該是城主府的地下室。魔力護壁的開關通常都會設在城主辦公室。」

「嗯。」

莫浩然試著推了推鐵門，發現有上鎖，於是他集中精神，用手指在鎖上輕輕劃了一圈，門鎖就這樣無聲無息地被切開了。

這招正是莫浩然在魔王寶藏洞窟發明的拉鍊切割術，他越來越覺得這個魔法實在是太好用了，簡直就是盜賊神技。

走出房間後，外面是一條走道，走道兩旁各有兩扇門，走頭盡頭則是向上的樓梯。就在莫浩然踏入走道時，旁邊的門裡突然傳來一道巨響，同時地板出現輕微的搖晃。

（地震？）

莫浩然急忙蹲低身體，以防意外。後面的零倒是一動也不動，沉穩如山。

巨響過後，四周又重新恢復平靜，莫浩然重新站直身體。

就在這時——

「放我出去！」

旁邊的門裡傳出一道充滿憤怒的聲音。

莫浩然訝異地看著那扇門。

「怎麼回事，傑諾？」

「看起來這裡應該是被改建成牢房了吧。」

「牢房……」

「咚！」

巨響再次出現，地板也跟著晃了一下。

莫浩然倒吸一口冷氣。竟然能夠引發地震？門裡面到底關著什麼東西！

「放我出去！」

巨響過後，門裡再次傳出聲音。由於隔著鐵門，所以聲音聽起來有些悶悶的，但仍舊能夠辨認出聲音的主人是一位女性。

這時，莫浩然突然靈光一閃。

「喂，傑諾，你說如果我們把裡面的人放出來，會怎樣？」

「……你想聲東擊西？」

城主府是開啟魔力護壁的關鍵，上面必定戒備森嚴，莫浩然雖然成功潛入，但也沒把握能順利闖進城主辦公室。但要是放出牢裡的犯人，讓她在外面吸引注意力，成功的機率也就大多了。

「可以試試看，但小心牢裡面的人反過來攻擊你。會被關在這裡的，大多是城主的敵人，而不是晨曦之刃的敵人。」

莫浩然嗯了一聲，然後用拉鍊切割術打開了牢門。

牢房裡面有一條像是蟲蛹一樣的東西，莫浩然打開牢門的聲音驚動了那條蟲蛹，於是突然在地上滾了一圈，身體整個翻了過來。

這下子莫浩然總算認出來了，那不是什麼蟲蛹，而是一個人。因為對方從脖子以下的部分被鎖鍊重重綁住，所以乍看之下像是蟲蛹。

「……小桃桃？」

蟲蛹——不，那個被綁的人一見到莫浩然，突然吐出一句奇怪的暱稱。

莫浩然定睛一看，也同樣認出了對方。

獸人紅榴！

「妳怎麼會在這裡？」

莫浩然邊問邊用拉鍊切割術在鎖鍊上切出一條線。紅榴立刻感到身上的束縛變輕了，於是用力一掙，直接將鎖鍊綳斷。

「哈啊，總算可以動了！」

紅榴高興地活動四肢，在牢房裡面跳來跳去。一下子在天花板上倒立，一下子爬在牆壁上，簡直像是猴子一樣。過了好一會兒，她的情緒才從重獲自由的興奮中稍微冷卻了一點。

「小桃桃，你怎麼會在這裡？」

紅榴一個翻滾從天花板跳下來，抖著貓耳好奇地問道。

「……這個問題應該是我先問妳的吧？」

還是跟以前一樣，是個不太聽人說話的傢伙。

「我？被捉來的。」

「看也知道妳是被捉來的。除非妳有被人捆綁 play 的興趣，而且還是口味超重的那種」

「捆綁 play？那是什麼？可以吃嗎？」

「不，沒事。我的意思是，妳是怎麼被人捉住的？」

紅榴雖然看起來只是個未成年的獸人小女孩，但莫浩然可是親眼見過她跟空騎元帥亞爾卡斯的戰鬥，那種怪物般的力量、速度與敏捷性，很難想像她會被克倫提爾城的人逮到。

「這個啊，說來話長。」

「……請妳盡量長話短說。」

「因為肚子餓。」

「這也未免太短了！說長一點啦！」

「小桃桃好囉嗦。」

紅榴嘟嘴抱怨，她先側頭想了想，接著張開雙臂。

「我原本在追一隻那~麼大的蜘蛛，追了好久好久，後來還是被蜘蛛跑掉了。在找東西吃的時候，一堆人突然跑來找我打架，我把他們統統打倒了，沒多久又跑出更多的人。因為在追蜘蛛的時候一直沒有吃東西，肚子餓沒力氣，所以就被捉住了……這樣夠長了嗎？」

「夠了，大概可以想像發生了什麼事。」

簡單的說，就是紅榴不知道在追什麼東西，然後把獵物弄丟了，之後克倫提爾城的人剛好發現了她，認為這個獸人很可疑，想把她捉住。紅榴因為在追逐獵物的過程中攝食不足，才會這麼簡單被人逮到。

「被捉住就算了，可是他們一直不給我吃飯，有夠小氣的！」

誰敢給妳吃飯啊？莫浩然實在很想這麼吐槽她。

獸人天生就擁有從食物中獲得魔力，藉此強化肉體、提升五感的本事，簡單說來，就是越吃越強。但反過來說，獸人一旦攝食不足，實力就會大幅衰減。

「話說回來，剛才的地震妳是怎麼弄出來的？」

莫浩然記得紅榴先前被捆得跟蟲蛹沒兩樣，明明四肢都被綁住，又要怎麼才能搖撼牢房？

「啊？很簡單啊，用頭撞。」

「用頭撞……」

莫浩然低頭看了一下，發現地板有好幾處龜裂。莫浩然試著想像了一下那個畫面：躺在地上的紅榴脖子後仰，然後用力往地板一撞，於是一聲巨響，大地震動……

「我非常能理解他們為什麼不給妳飯吃了。」

莫浩然嘆了一口氣。沒吃飯就可以搞出地震，要是讓紅榴吃飯了還得了？克倫提爾人又沒有瘋。

「那小桃桃你為什麼會在這裡？」

「別叫我小桃桃。」

莫浩然一邊抗議，一邊思索要如何解釋才好。

「這座城被壞人占領了，魔力護壁被打開，裡面的人出不去，我來這裡是為了把它關掉。」

現在沒時間詳細說明，於是莫浩然省略了前因後果，直奔目的。紅榴聽了立刻瞪大雙眼。

「魔力護壁？就是那個一靠近，就會轟的一聲把人燒焦的東西？」

「就是那個。」

「我還沒看過那個呢，好想看！」

紅榴興奮地跳了起來，接著莫浩然眼睛一花，等他回過神來望過去時，紅榴就已經跑得不見人影。

莫浩然急忙跑出牢房，剛好看見一條尾巴消失在上樓的階梯轉角處。

「好快……」

此時莫浩然能做的，也只有感嘆對方的速度。不過紅榴這一跑，勢必會引起上面的

人的注意，就結果來說並不算壞。

「喂，傑諾，乾脆把其他牢裡的人也放出來如何？」

「一個獸人還不夠？」

「越亂越好不是嗎？」

莫浩然邊說邊走向另一間牢房，因為傑諾沒有反對，所以他也就破壞了門鎖。

第二間、第三間牢房都是空的，只有第四間牢房有人。

那是一個被鎖在牆上，模樣看起來非常淒慘的老人。老人的頭原本垂得低低的，一聽到房門被打開，立刻抬起了頭。沒有燈光，身上的鎖鍊又封住了他的魔法，因此老人根本看不到東西。

莫浩然在思索該怎麼開口才好，老人又沒有說話，因此牢房陷入一陣奇妙的沉默。

「誰？」

最後是老人率先開口。

莫浩然張開嘴巴，但沒有發出聲音。他還沒想好要怎麼說。他的嘴巴就這樣開開合合了好幾次，直到老人不耐煩地再次發問時，他才想到自己幹嘛要說服對方？直接開鎖不就好了？反正只要對方跑出去，自然會引發騷動。

莫浩然想到就做，用拉鍊切割術破壞了老人身上的鎖鍊。失去了鎖鍊吊掛的支撐，老人立刻跌坐在地。

此時的老人並未因重獲自由而喜悅，反而又驚又疑。

老人很清楚，那些傢伙不會放過他，因此不可能解開他的鎖鍊。但來人若是友方，又為何不肯說話？

很快的，老人取回了駕馭元質粒子的能力，視野由黑暗轉為明亮。

映入老人眼簾的，只有一扇被打開的牢門。他謹慎地走出牢房，外面空無一人。

老人茫然地左右張望，然後皺眉思索，最後表情化為堅毅。

「不管怎樣，你死定了，布魯托！」

老人，也就是克倫提爾城城主沙納伯爵，發出了充滿怨憎的低吼。

※◆※◆※◆※

傑克特臉色陰沉地走出城主府，部下們緊隨其後。

就在這時，傑克特突然停下腳步。

「怎麼連個看門的人都沒有？」

傑克特看了看四周，很不高興地問道。

「大人，可能是因為人手不夠……」

「人手不夠個屁！」

其中一名部下急忙回答，卻換來傑克特的怒斥。

「多調些人過來看住這裡！要是城主府被奪走，我們就完了！」

「是！」

被責罵的部下連忙離開。看著部下離去的背影，傑克特對於部下的行動之遲鈍感到有些焦躁。

事實上，那名部下已經是用跑的了，但看在傑克特眼中仍然過慢。

不會魔法的傢伙就是不行！傑克特心中閃過這樣的念頭。

如果用了瞬空之型，就能以肉眼難以追及的速度移動了，但這些部下只是騎士，無法對他們抱有太多期待。

此時，一道低沉的爆炸聲突然響起！傑克特與部下們急忙轉頭，然後看見一道黑煙從城主府裡面緩緩升起。

「那是什麼？發生什麼事了？」

傑克特愕然問道，其中一位部下立刻跑了過去。過沒多久，這位部下回來了，臉上的表情充滿驚惶。

「不好了，大人！前幾天那個獸人間諜逃出來了！」

傑克特臉色大變。他也知道那個獸人間諜有多可怕，那可是連伯爵級魔法師都能重傷的狠角色。

「波坦列夫大人正在對付那個獸人，他說請您快點去幫忙！」

「哈？那傢伙是什麼東西，敢命令我？」

傑克特的嘴角不悅地扭曲起來，先前會議上的不愉快頓時浮現眼前。

同為本地貴族，明明應該共同聯手、緊密合作，將主導權牢牢握在手中才對。但是波坦列夫卻輕易就被布魯托說服了，讓堅持反對意見的自己像個小丑一樣。或許可以趁這個機會讓他受點教訓？傑克特心想。

「你說波坦列夫已經到了？情況怎麼樣？」

「打得很激烈，雙方看起來勢均力敵。」

「勢均力敵啊……」

傑克特點了點頭，看來那個獸人的狀況也不好，才會連一個子爵級魔法師都對付不了。傑克特決定拖點時間，等波坦列夫撐不住了再過去。

「既然波坦列夫頂得住，那邊就交給他吧。我們看住這裡，以免事情有變。」

傑克特說完，便雙手交叉於胸前，看起來完全不想動了。部下們面面相覷，但既然頂頭上司都這麼說了，他們也只好照做。

「對了，他們在哪裡打鬥？武器倉庫嗎？」

傑克特隨口問道。他是根據剛才的爆炸推測的，貴族習慣在自己家裡建造武器倉庫，以供家人與衛士使用。

「好像是廚房。」

「廚房？哼，在廚房也能搞出這麼大動靜……等等，廚房？」

傑克特先是驚駭地看了部下一眼，然後立刻發動瞬空之型，有如飛箭一般直奔城主府。部下們先是愣在原地，過了好一會兒，他們才反應過來，追著傑克特而去。

「白痴！為什麼不早說！」

傑克特一邊大罵部下，一邊衝向黑煙升起的方向。聽到戰鬥地點在廚房，他就知道事情不妙了。

那個獸人在找東西吃！

猛獸一旦陷入饑餓就會變得凶暴，獸人剛好相反，吃的越多，力量越強。要是讓那個獸人間諜吃飽，回復到足以媲美伯爵級的實力，事情就糟糕了！

就在這時，傑克特突然感到一陣寒意。

雷莫的魔法師有征戰沙場的義務，就算可以依賴權勢挑選弱小的敵人，但戰鬥一事仍然無法避免。因此只要是魔法師，全都有過浴血戰鬥的經歷，無一例外。多次跨越生死線的人，對於危險往往特別敏感。

受到直覺的驅使，傑克特想也不想地向旁邊用力一跳。幾乎在同一時間，一枚光彈轟開了他先前所站的地面！

「誰！」

傑克特在地上滾了兩圈，然後起身大吼。是城主府的殘黨嗎？還是內城區的貴族？他腦中瞬間閃過好幾個人名。

「竟然沒打中，看來老夫的技術也退步了吶。」

從飛揚的沙塵中，傳出了令傑克特心臟為之凍結的聲音。

傑克特抬頭望向聲音傳來的方向，然後見到了一個他此時絕對不想見到的身影。

「……沙納！」

傑克特咬牙低喊。

「傑克特子爵，沒想到你也跟叛亂者同流合汙，太令我失望了。」

沙納站在建築物的屋頂，居高臨下地看著傑克特。他的衣服破爛，頭髮散亂，儀表不復過去的風采，但那股屬於上位者的氣勢依然存在。

這時傑克特的情緒也從驚訝中回復過來。他看出來了，現在的沙納很虛弱，頂多只有子爵級的實力而已，跟自己相差無幾。

「哼！我不知道你是怎麼逃出來的，不過再給我滾回牢裡蹲著吧！」

察覺自己並非全無勝機，傑克特的雙眼燃起了熊熊戰意。只要把沙納擒下，不僅是大功一件，還可以順便壓一壓那個討厭的布魯托的氣焰。還有比這個更棒的事嗎？

「去死吧，沙納！」

「閉嘴，你這個叛賊！」

一邊為了抬高自己的地位。

一邊為了奪回自己的地位。

兩名魔法師的戰鬥，就此開始！

※◆※◆※◆※

莫浩然微微探出身體，窺視牆壁後面的情況。眼前的走廊長度不到一百公尺，卻足足有六個人把守。這六人全都持有魔導武器，換言之，他們全是騎士。

外面不斷傳來爆炸，但這六人依舊堅守崗位，完全沒有移動腳步的打算。

「有沒有搞錯，人也未免太多了吧！」

莫浩然低聲抱怨。

他的聲東擊西之計並沒有成功。縱使放出了紅榴與不知名的老人，城主府內的戒備依舊森嚴……不，應該說變得更森嚴了。五分鐘前，走廊上只有四個人而已。

「似乎得到反效果了，看來他們的主事者不算太笨。」

傑諾一副事不關己的評論著，他的反應讓莫浩然深感不悅。

「什麼話！你不是也很贊成嗎？」

「我可沒有贊成，只是沒有反對而已。」

「你這混帳……」

要不是身處敵營，莫浩然真想好好罵一罵這個性格惡劣的大法師。

「好了，現在你要怎麼辦？撤退？」

「說什麼蠢話？都已經來到這裡了，當然只能繼續往前。」

事到如今，只剩下強攻一條路了。

莫浩然做了一個深呼吸，竭力撫平不安的情緒。恐懼像是煮開的滾水，在心中不斷沸騰。他總覺得自己的動作很僵硬，手腳跟身體都很沉重，喉嚨有點乾，真想喝水。

明明已經能冷靜地跟怪物戰鬥了，為什麼現在反而會緊張呢？莫浩然覺得這樣的心情真是不可思議。

（冷靜。）

莫浩然對自己說道。又不是第一次跟「人類」交手了，當初在曼薩特城，自己不就成功打倒了一個魔法師嗎？呃，話說回來，那傢伙叫什麼名字？

（這是自己選擇的，必須堅持到底。）

莫浩然再次深呼吸，然後試著調動元質粒子，非常順利，沒有問題。他閉上眼睛，在腦中將接下來的行動預演了一遍。衝出去，先用穿弓之型來個近距離轟炸，要是還有沒倒下的，就再補上一腳。

張開眼睛，黑色的眼眸裡再也看不到其他情緒，剩下的只有堅決。

（上吧！）

莫浩然從牆後衝了出來！

幾乎就在莫浩然踏入走廊的那一瞬間，騎士們就發現了他。這些騎士第一時間擺出戰鬥架式，下一秒鐘，他們的視野被六枚耀眼的光彈所照亮。

在莫浩然的預期中，這一波突襲至少可以打倒三分之二的敵人，然而事情卻出乎他的意料，只有站在最前面的兩人被轟飛，另外四枚光彈卻落空了，這樣的結果讓莫浩然大吃一驚。

（糟糕！）

莫浩然失算了，他太高估自己的操魔技術。他忘了自己的穿弓之型準頭奇差，除非在近距離發動，否則命中率有沒有五成都很難說。

一旦進入近身戰就完了！想到這裡，莫浩然立刻停下腳步，想要重新拉開距離。

「別停下來，笨蛋！繼續往前衝！至少要衝到他們中間！」

傑諾大聲怒吼，莫浩然下意識地照做了。一度停下的瞬空之型再次發動，莫浩然以疾風般的速度衝入四人之中。

然後，奇怪的事情發生了。

莫浩然原以為自己將被四人包夾圍攻，沒想到這四人卻突然單膝跪地，露出痛苦的神情。

「這……？」

對於這突如其來的變化，莫浩然訝異不已。

「還在等什麼？快動手。」

傑諾的斥喝讓莫浩然驚醒過來，於是他連忙發動穿弓之型。這次總算沒有再失手，四枚光彈全數命中，將四人統統打倒。

「傑諾，這是怎麼回事？」

「喂喂喂，你該不會到現在還沒搞懂吧？你以為魔法師憑什麼可以統馭萬民、成為貴族中的貴族啊？」

傑諾嘆氣，似乎受不了莫浩然的遲鈍。

「啊……」

莫浩然頓時醒悟了。

是靈威壓制！

魔法師的靈威能夠影響生物的身體機能與精神狀態，這些騎士正是被莫浩然的靈威所牽制，才會輕易被打倒。

「這就是靈威……」

莫浩然還是第一次在對人戰鬥中見識到靈威的厲害。以前面對莎碧娜或亞爾卡斯的時候，他都是屬於被人壓制的那一方，等到自己能用靈威壓制他人，他才知道靈威究竟有多好用。

這四人可是騎士，每個人的綜合實力都比他強上不知多少倍，何況還有魔導武器這樣的利器。但一遇到靈威壓制，體格也好、戰技也好、裝備也好，全都沒有用，簡直毫無反抗之力。

「不要輕敵。這招只能用來對付騎士階級，要是遇到同為魔法師的敵人，情況就不一樣了。」

傑諾嚴肅說道，提醒莫浩然別太得意忘形。

就在這時，走廊的另一側傳來了雜亂的腳步聲。打倒六名騎士所造成的聲響引來了其他人的注意，紛紛趕來此處。

「好！」

莫浩然大膽衝向新的敵人，他已經知道該怎麼對付這些傢伙了。

布魯托站在城主府辦公室的窗戶旁邊，一邊眺望外面的景象，一邊撫摸自己的愛劍劍柄。每當他感到不安時，總會做出這個動作穩定心情。

就在剛才，他接到部下的報告。

原本關在地下牢房的獸人與沙納竟然逃出來了！

幸好，他們的運氣還沒用光。獸人與沙納還沒來得及逃出城主府，便分別被波坦列夫與傑克特攔住。

獸人會打亂他們的兵力布署，沙納可以將內城區貴族團結起來，不論讓哪一個逃出去，都會對他們的計畫造成重大影響。

理論上，布魯托應該立刻前去幫忙同僚，盡速制伏那兩個危險分子，但他嗅到了陰謀的味道，因此繼續坐鎮城主府辦公室。

獸人與沙納不可能獨自逃出牢房，一定有人協助他們，換句話說，還有另一股力量潛伏在城主府，找尋機會給他們來一記狠的！

對方的目標很可能是城主府辦公室。

更正確的說，是辦公室裡面的魔力護壁開關。

布魯托久經沙場，他相信自己的判斷，因此不但沒有派人協助波坦列夫與傑克特，反而加強了辦公室周邊的防禦。

「還沒亂起來嗎……」

布魯托一邊眺望外城區，一邊喃喃自語，心中的不安變得更濃厚了。

按照他的估計，這時的外城區應該已經處處暴動才對。但從城主府這邊看過去，火焰與黑煙非但沒有蔓延，反而有減少的跡象。這是怎麼回事？究竟是誰在維持秩序？警備隊明明已經被他們控制住了。

就在這時，辦公室的大門突然砰的一聲打開來。

「大人，不好了！有人正朝我們這邊進攻！對方是魔法師！」

一名部下驚慌地衝進辦公室大喊。

果然如此，布魯托暗暗點頭。

「不用慌。對方攻到哪裡了？有幾個人？」

「他們有兩個人！從正門強攻，已經打到三樓了！」

「這麼快？」

布魯托微微皺眉。

辦公室位於五樓，對方恐怕再過幾分鐘就會殺上來了。他這邊的防禦力量雖然多是騎士，但個個身經百戰，能夠這麼快就突破到二樓，顯然來者擁有男爵級以上的實力。

「傳令下去，允許使用魔彈。把他們困在走廊，然後炸爛他們。」

「是！」

一接到戰術指示，部下立刻轉身衝出辦公室。但他才剛走出門口，一枚光彈便擊中他的胸口，將他整個人轟向布魯托！布魯托的反應極快，側身一閃，於是這名倒楣的部下撞破窗戶，直接從五樓摔下去。

布魯托沒有理會墜樓的部下，而是看著辦公室門口。

門口站著兩個人——

黃頭髮，長相清秀的少年。

穿著軍用大衣，戴著鬼面具的黑髮女子。

面對這個奇怪的兩人組合，布魯托絲毫不敢掉以輕心，第一時間就拔出了他腰間的長劍。

「你們是誰？」

布魯托一邊問話，一邊將靈威提升到最大。然而在見到黃髮少年與鬼面女子都沒有反應後，他心中不禁一凜。對他的靈威無動於衷，代表這兩人至少是子爵級！克倫提爾城什麼時候冒出了這麼年輕的子爵？

「你就是這裡的大 BOSS？」

黃髮少年正是莫浩然，那頭黃髮是染色後的產物。

「BOSS？」

這是什麼暗號嗎？布魯托心想。他在思考之餘手邊也沒有閒著，搶先一步發動了穿弓之型。

凝聚光彈是需要時間的。從光彈成形到發射，這之間約有一到兩秒鐘左右的誤差，越是高明的魔法師，越是能將這個時間差縮小。當初的空騎元帥亞爾卡斯甚至能將誤差縮至以零為開端的時間。

布魯托的水準不比亞爾卡斯，時間差約有一秒鐘左右。因此莫浩然一見到光彈成形，立刻退出門外，躲過了光彈的攻擊。

（擅長遠程打擊的魔法師嗎？）

布魯托的戰鬥經驗何等豐富，一見到莫浩然的反應，立刻就推斷出對方的慣用戰法，並且擬定好接下來的戰術。

這裡的地形對他有利，只要死守大門就能擋住敵人，如果對方打算用穿弓之型破壞魔力護壁的開關，那就把光彈擋下就好。

布魯托啟動了手中的魔導武器，這把長劍的型號是摩坎，內建壁壘之型的效果。另外他摸了摸腰後的暗袋，裡面的冷凍魔彈給了他無比信心。

就在這時，門口處突然出現六個光團，布魯托見狀立刻揮劍一斬。

光團化為光彈疾射而出，但全被壁壘之型擋下了。布魯托看出這些光彈毫無準頭可言，心想對方果然打著破壞開關的主意。

「怎麼了？只有這點程度嗎？這裡不是你這種小鬼該來的地方，滾回去喝媽媽的奶吧！哈哈哈哈哈哈！」

布魯托大聲嘲笑，同時朝門口射出光彈作為反擊。

「……這傢伙罵人的臺詞有夠老套的。」

莫浩然背靠牆壁，對布魯托的貧乏字彙嗤之以鼻。說起罵人，他以前可是在黑道夜總會聽得耳朵都快長繭了，尤其是那些公主，罵起人來可是毫不留情，髒話連篇，布魯托這種程度只算是幼稚園等級。

「傑諾，有沒有什麼好建議？」

「對方是子爵，靈威壓制無效，只能正面強攻了。」

「不能稍微提升一下我的位階嗎？一下子就好，例如三秒鐘的伯爵。」

「對你的靈魂負擔太大了，後遺症很嚴重。」

「用男爵級的力量跟子爵硬幹，負擔也小不到哪裡去吧。」

「這是你自己的選擇。要撤退嗎？」

「別傻了。」

莫浩然將背在身後的木匣翻到身前，然後打開匣上的大鎖。就在蓋子掀開的瞬間，木匣裡衝出一道銀白色的光芒，四周出現數道有如電弧般細小的能量體。

莫浩然伸手將木匣裡的東西抽出來，那是一把水晶劍。

當水晶劍離開木匣的那一剎那，能量弧光閃爍得更加激烈了。就連一旁的零都不禁退了兩步，以免被能量弧光所灼傷。

禍式劍。

這正是莫浩然探索魔王寶藏的成果。

這把劍的本體其實是封魔水晶——一種用來封印不穩定性變異元質粒子的器具——但因為設計失誤，導致裡面的不穩定性變異元質粒子與外界的元質粒子不斷連動，引發魔力外溢。

這並非正常人能使用的武器，若不是莫浩然擁有魔力絕緣的特殊體質，恐怕一碰到這把劍就會被燒死。

抽出禍式劍的下一秒，莫浩然衝了出去。

以瞬空之型加速過的身體，宛如離弦之箭，瞬間衝到布魯托面前。

但，這樣的奇襲對布魯托來說還是太慢了。像是早已預料到一樣，布魯托的摩坎長劍劈向迎面衝來的敵人。

雙劍交擊。

然後，禍式劍斬斷了摩坎長劍！

在布魯托驚愕的目光下，他的身體劃過一道銀白色的劍光。

※◆※◆※◆※

震耳欲聾的轟鳴聲逐漸變小，帶有透明感的銀色天幕也跟著慢慢消失。

不論是內城區的貴族，抑或外城區的平民，人人都抬頭仰望著那片蔚藍的天空。或許他們不是很清楚這片天空重新映入眼中的意義，但他們卻直覺認為這是一件好事。於是當第一個人舉起雙手大吼「好啊！」的時候，其他人就像是被感染似的，跟著仰天大喊起來。這股興奮的浪潮以驚人的速度擴散蔓延，轉眼間，幾乎全城的人都幹了同樣的事：對天歡呼。

之所以用幾乎來形容，是因為有些人極度不願意接受這樣的情況。

「怎麼可能……」

傑克特臉色蒼白地望著天空，一臉不敢置信的表情。

「魔力護壁解除了……為什麼……？」

就在傑克特失神的下一秒，一枚光彈轟碎他的左肩。劇痛喚回傑克特的意識，他反射性的想要還擊，這時又一枚光彈轟碎他的右腿！

傑克特倒臥在地，傷口流出的鮮血有如湧泉，迅速將地面染成與他頭髮相近的顏色。在傑克特傾倒的視野中，出現了一雙沾滿泥土的靴子。

「結束了，傑克特。」

靴子的主人用冰冷的口氣宣告自己的勝利。

傑克特一邊大口喘氣，一邊僵硬地轉動脖子。他看到沙納的臉，那張臉滿是汗水、血跡與傷痕，看起來比自己狼狽得多。要是走在路上，沒人會相信這個披頭散髮的老人其實是城主。

「你還太嫩了。竟然在戰鬥時看別的地方，否則這一仗可以打得更久。」

傑克特因魔力護壁的解除而失神，沙納卻從頭到尾都專注於戰鬥之上，就是這樣微小的差異決定了結果。

「別得意……」

傑克特的臉孔扭曲，艱難地吐出不成語調的句子。

「別以為……你贏了……這只是……開始……」

像是因為不服輸而說的氣話，但另一方可沒辦法這樣聽過就算。

「只是開始？什麼意思？」

沙納右手虛握，把傑克特從地上抬起來，但對方已經斷氣了。

「哼！倒是讓你死得太輕鬆了。」

沙納放開傑克特，紅髮中年人就像是斷了線的傀儡般癱倒在地。就在這時，某個物體突然高速撞向沙納後方的建築物，引發沉重的巨大聲響。沙納連忙轉頭，看見有一個人被嵌在牆上。

「……波坦列夫？」

沙納花了三秒鐘才認出對方的身分。此時的波坦列夫雙眼緊閉，身上滿是傷痕，雙臂被折成奇怪的角度，不知究竟是失去了意識，還是失去了呼吸的能力。

沙納轉頭看向另一邊，只見一道黑影在空中劃出一條美麗的拋物線，直接飛出了城主府。

「獸人……」

沙納瞇起雙眼，完全沒有追過去的意思。

會在這時候出現於城主府的魔法師，十有八九都是晨曦之刃的人，因此沙納完全沒有幫波坦列夫報仇的意思。但最主要的原因，還是他的狀況很差，恐怕不是那個獸人的對手。

接著沙納望向位於五樓的城主府辦公室。窗戶破了一個大洞，顯然裡面也同樣發生了戰鬥。沙納猜測攻打辦公室、把魔力護壁解除掉的人，恐怕就是把自己放出來的人。與晨曦之刃為敵，卻又放了獸人，此人究竟是敵是友？沙納想不明白。

※◆※◆※◆※

「哦，看來大人那邊已經結束了。」

望著天空，西格爾一臉感慨地說道。雖然魔力護壁封鎖城市的時間不到半天，但他總覺得自己與這片天空已經有半個月沒見面了。

「哼，狂歡舞會總算要告一段落了嗎？」

在西格爾身旁，眼神陰沉的黑髮中年人喃喃說道。

「哎呀，鐵老大，這句話可是很有詩意哦！跟你平常的表現不一樣，遇到了什麼好事嗎？」

黑髮中年人看著西格爾，眼神像是在看一個白痴。

「你懂什麼叫詩意？」

「多少懂一點。其實我的店也有賣詩集，記得叫《黃昏紅舞鞋》什麼的，你聽過嗎？」

「……是《黃昏的步道》吧？」

「對對，就是那個。」

「連名字都記錯了一半。」

「因為那本書很難賣啊！本來想說作者很有名，所以就進了幾本，結果到現在還賣不掉。」

「褻瀆藝術的傢伙。」

黑髮中年人低聲咒罵。

雖然從外表與職業很難看得出來，但其實這位被稱為鐵老大的男人頗有藝術素養，甚至還會贊助詩人與畫家。只是不知為什麼，那些詩人與畫家恰巧都是容貌姣好的年輕女性，而且最後都變成了他的情婦。

「那麼，我也差不多該告辭了，鐵老大。」

「這麼快就要走了？」

「因為已經沒必要再當人質了嘛。」

西格爾笑嘻嘻地說道，黑髮中年人沒有回話，只是從口袋掏出菸盒。

西格爾從頭到尾都一直跟在黑髮中年人身邊，並非因為尋求保護或炫耀交情，而是為了讓對方放心。畢竟慫恿他們出面的是西格爾，萬一發生了什麼意外，他們可以立刻找他算帳。

至於伊蒂絲就算了，他們可不敢招惹一位魔法師。

「第六代。」

臨走時，黑髮中年人突然叫住了西格爾。

西格爾回頭看著他。

「你攀上了一棵大樹，但會不會有好下場又是另一回事。雖然你這個混蛋從來沒幫我賺大錢，不過看在第五代的面子，給你一個建議。」

「鐵老大的建議必定是好的，請說。」

黑髮中年人先是慢條斯理地點火抽菸，然後深深吸了一口，接著對天空吐了一個漂亮的煙圈。

「蛇有蛇道，鼠有鼠路。今天這件事，其實之前就露出了很多跡象，我們不是沒察覺，只是我們沒人重視，也沒想到會鬧這麼大而已。如果我沒猜錯，這個國家要發生大事了。」

「……」

「最近札可拉缺貨缺得很嚴重，我本來還以為是哪個商會在收購，現在想想，應該是有人故意囤積。札可拉那玩意兒可以用來幹嘛，不用我說你也知道。」

西格爾臉色變了。

札可拉，俗稱旅行麵包，是一種保存期限極長的食物。它的價格很貴，味道也不怎麼樣，除了在某種特殊情況下，平時沒人會囤積這種東西。

例如戰爭。

「小心點，第六代。一旦打雷閃電，越高的樹越容易被劈中。該跳樹的時候就跳樹，千萬不要被雷劈死。我呢，只是個小人物，還想活得久一點，所以等一下你一離開我的視線，我們就是陌生人了。你不認識我，我也不認識你。」

「……謝謝提醒。」

黑髮中年人揮了揮手，示意他已無話可說。

於是西格爾離開了。明明事情已經解決了，他的腳步卻顯得有些沉重。黑髮中年人所說的那些話，像是詛咒一樣在耳邊不停繚繞著。

但在下一秒鐘，那些沉重的東西立刻被他拋在腦後。

「啊，伊蒂絲小姐！這裡這裡，我在這裡！」

西格爾踏著輕快的步伐，迅速奔向從對面走來的伊蒂絲，表情活像服用過量麻藥的吸毒者。

「……那傢伙沒救了。」

站在遠處的黑髮中年人看到這一幕後，忍不住搖頭嘆息。

※◆※◆※◆※

魔力護壁被解除的一小時後，克倫提爾城再次陷入騷亂。

不同的是，這一次是以維持秩序為主軸的騷亂。之前像是人間蒸發似的警備隊又重新現身了，並且勤勉地穿梭於大街小巷。防衛軍也同樣露面了，由於團長丹迪身亡的關係，指揮權暫時移交到沙納手上。

沙納下令封閉城門，並且逮捕與此次叛亂有關係的人。不管對方是何地位，只要有一點嫌疑就會被扔進牢裡，若是反抗就會被當場格殺。沙納的強硬手腕惹來不少怨言，但無人敢違抗。

除了找出涉及叛亂的嫌疑人，這場大搜索還有兩個目的——找出逃跑的獸人間諜，還有那位不知是敵是友的神秘人。

讓一個獸人在城裡亂竄，危險性不亞於讓一枚魔彈在街上亂滾，再加上一個能夠打倒子爵級魔法師且意圖不明的神秘人，沙納現在的心情一點也不輕鬆。他已全副武裝坐鎮城主府，做好一旦有事立刻出擊的心理準備。

沙納並不知道，他深感忌憚的兩個目標，已經離開克倫提爾城了。

※◆※◆※◆※

莫浩然在打倒布魯托後，就立刻回到旅館與眾人會合，西格爾早已機靈地將行李全部搬上獸車等著他們，於是一行人立刻趁著混亂出城了。

然而一離開城市不久，莫浩然便遇到了意外的人物。

「又見面了，小桃桃！」

紅榴盤腿坐在一顆巨岩之上，很高興地朝莫浩然揮手。

「獸、獸人！」

西格爾緊張地停下獸車，然後緊緊握住擺在一旁的長劍劍柄。

在野外旅行，獸人的威脅性不會比怪物來得低。西格爾以前行商時也吃過獸人的苦頭，當時貨物損失了一大半，在那之後他便對獸人深懷戒心。話說回來，這個獸人剛才說了什麼？小桃桃？那是誰？

「是妳啊，有事嗎？還有，別叫我小桃桃。」

莫浩然出聲回答，於是西格爾的疑惑很快就解開了。

「為什麼？小桃桃就是小桃桃嘛。」

紅榴說完便從岩石上跳了下來，然後用技術足以媲美奧運體操選手的六連前滾翻漂亮著地。

「我是來報恩的。」

紅榴挺起胸膛說道。

「報恩？」

「嗯，報恩。之前那一次，再加上這一次，已經欠小桃桃兩次了。」

「不，不用了。」

「不行！要是不報恩，回去爺爺知道了一定會揍我。」

「別告訴他就行了。」

「不行，爺爺簡直跟怪物沒兩樣，就算不說也會知道。」

這樣形容自己的親人真的好嗎？莫浩然為紅榴的爺爺默哀。

「就算妳這麼說，我這邊也沒什麼需要妳幫忙的地方。」

「還是不想結婚嗎？」

「那個就算了吧。」

「如、如果小桃桃堅持的話……交、交配也是可以的。」

「我完全不堅持！拜託妳不要用那種像是被人脅迫一樣的表情說這種話，會害我被人誤會的！是說你們幹嘛那樣看我！」

伊蒂絲的表情充滿鄙夷，眼神彷彿像是在看一團垃圾；西格爾張大嘴巴，一副因為驚嚇過度快要失去意識的模樣；零戴著面具看不見表情，不過卻射出了令人感到皮膚刺痛的尖銳視線。

「總之！報恩什麼的就不用了！絕對不用！」

莫浩然用雙手在胸前擺了一個X的架式。

「咦——？不行啦，這樣我會很困擾耶。」

「給我帶來困擾就沒關係嗎？」

「那個，難道，小桃桃想要的不只是交配，還想要更進一步的……？」

「立刻給我滾回去！」

莫浩然覺得落在自己身上的目光帶有強烈的輕蔑感。

只用了不到一頁就成功摧毀了一個人的人格，眼前這位貓耳娘實在是太可怕了。無論如何都不能跟她扯上關係！莫浩然打從心底這麼發誓。

「不可以，至少得救小桃桃一命才行。在那之前，我會一直跟著小桃桃的。就算小桃桃趁機對我做一些爺爺說長大前絕對不能做的事，我也不會放棄的！」

「請妳回去吧，拜託……」

明明只是講幾句話而已，莫浩然卻覺得身心俱疲。

「給我等一下。」

就在這時，響起了第三者的聲音。

開口的人是伊蒂絲。

「誰說妳這隻野貓可以跟著我們了？沒有我的允許，就算只是一隻蟑螂也不准加入隊伍！」

伊蒂絲下巴微抬，一臉驕傲的表情，看來現在出現的是紅色人格。

見到她這副模樣，莫浩然真想問她：妳又是什麼時候變成領導者的啊？

紅榴疑惑地看了看伊蒂絲，然後又看了看莫浩然。

「正妻？」

「誰是正妻！我跟這個變態沒有關係！」

「所以是、情婦？」

「……呵呵。」

這次伊蒂絲懶得反駁，直接施展了鎖縛之型，顯然是打著將紅榴鎖在原地晾個一天再說的主意。

「嗯？」

被魔法困住的紅榴先是一愣，接著立刻猛力張開雙臂，四周的空氣頓時膨脹，掀起一陣強風，然後她一個空翻重新跳回岩石上。

「咦？」

這次換伊蒂絲呆住了，她沒想到自己的魔法竟然這麼簡單就被破解了。

「想打架嗎？」

紅榴的雙眼變成豎瞳，尾巴不斷左右甩動，可愛的臉孔充滿戰意。

伊蒂絲以行動代替回答，對著紅榴張開右掌。

這時，紅榴的身影消失了。

伊蒂絲還沒來得及驚訝，對手已經出現在她的背後。

「太慢啦！」

伴隨著嘲笑，紅榴一拳擊中伊蒂絲的右側腹。砰的一聲，伊蒂絲就像是被炮彈擊中似的，整個人筆直地飛了出去，然後重重撞上路邊的岩石。

「伊蒂絲小姐！」

西格爾發出悲鳴，一臉驚慌地衝向伊蒂絲。

「妳、妳沒事吧？剛才的聲音很不妙，骨頭可能斷掉了啊！請不要亂……咦？」

西格爾像是吞了整顆雞蛋一樣，聲音突然梗在喉嚨裡面發不出來。就連紅榴也是一樣，表情由最初的得意變為訝異。

伊蒂絲的右側腹出現了一道巨大的裂口，那是足以讓內臟從體腔內流出的可怕傷勢。然而伊蒂絲的傷口不僅沒有流出臟器，甚至也沒有流血。從傷口處露出來的，是一大叢有如植物纖維般的白色組織。這些白色組織不停地蠕動，傷口以肉眼可見的速度迅速癒合。

伊蒂絲再次張開右掌。因為太過驚訝的關係，紅榴的反應慢了一拍，終於被伊蒂絲的魔法捕捉到了。

「唔……好、好重……？」

紅榴急忙扭動身體，卻驚覺自己竟然無法像先前那樣輕鬆掙脫。

伊蒂絲邁開腳步，她身上的傷口已經完全癒合了。在經過目瞪口呆的西格爾面前時，她順手抽走了西格爾的劍，表情冷酷地走向紅榴。

「等一下！」

莫浩然趕緊將她攔下，伊蒂絲一臉不悅地看著他。

「讓開。」

「妳拿著那麼危險的東西想幹嘛？」

「當然是回禮，她剛剛把我肚子打出一個洞耶。」

「這個……」

莫浩然一時間不知該怎麼回答才好。

「唔，那個……我能理解妳的心情。被人揍了一拳，換成是我也會生氣的。可是她只是個小孩子，不如就這樣算了吧？反正妳也沒事……」

連莫浩然自己也覺得這番話太過強詞奪理，聲音不禁越說越小。

就在莫浩然試圖向伊蒂絲灌輸和平溝通的重要性時，紅榴依舊沒有放棄掙脫魔法的束縛，她的臉孔漲得通紅，身體因為太過用力而顫抖。就在這時，她聽到了莫浩然的那一句「她只是個小孩子」後，臉上突然浮現數道暗紅色的花紋，紅色的豎瞳也瞬間變成了金色。

「別小看我啊啊啊啊啊——！」

紅榴大聲怒吼，竟然真的掙脫了鎖縛之型！

擺脫束縛的紅榴衝向伊蒂絲，臉上的花紋與金瞳此時卻又消失不見了。

「糟糕！」

伊蒂絲急忙張開手掌，再一次發動鎖縛之型。

「咦？」

莫浩然轉過頭去，察看後面究竟發生了什麼事。

飛奔的紅榴很不幸地又被綁住了。

但，也只是被綁住而已。

鎖縛之型的主要效果，在於製造魔力的鎖鍊捆綁目標物。它雖然能夠抵銷物體的動能，但是終究有其限度。無條件地奪走目標物的所有動能，那種事情唯有空間凍結才辦得到。

紅榴的身體又被綁住了，但衝刺的動能卻沒有被完全抵銷，於是她保持著前衝姿勢，先是直接撞飛了莫浩然，接著又用自己的腦袋與伊蒂絲的腦袋進行了一次短暫又親密的接觸。

「……那個，請問現在該怎麼辦？」

看著昏迷的三人，西格爾一臉困惑地望向零。

「……全部拖走。」

經過數秒的沉默，鬼面少女說道。

暴亂日 03

鋼鐵獵犬

關於克倫提爾城叛亂事件的報告，在叛亂結束後的當天晚上就被送到了黑曜宮。莎碧娜看到報告後，當天上午就召開了緊急會議，並且下令暫時封鎖消息。但到了下午，全巴爾汀的貴族都知道了這件事。秘密這種東西往往就跟傳染病一樣，一旦被兩個以上的人知道了，就會在轉眼間變成眾所皆知的消息。

「我看到了晚上，大概連會議內容都會洩漏出去吧？希望到時女王陛下別氣壞身體才好。」

亞爾卡斯將手中的文件扔到桌上，然後端起白瓷杯享用剛泡好的紅茶。他的行為雖然粗魯，但動作卻充滿一種優雅的感覺。

這種奇妙的矛盾，讓站在一旁的巴納修覺得非常不可思議。雖然偶爾會做出一些令人非議的言行，但在貴族氣質這方面，年輕一輩之中恐怕無人能勝過自己這位上司。

「需要調查是誰洩的密嗎？」

「算了吧，有嫌疑的傢伙太多了。把這件事告訴妳的我，嚴格說來也算是一個洩密者呢。」

亞爾卡斯聳了聳肩。

因為信賴某人而告知秘密，然後要求對方保密。接著這位被告知秘密的某人又將秘密告知另一個值得信賴的人，然後同樣要求對方保密……相同的狀況不斷重複，最後大家都知道這個秘密了。

所謂的秘密，有時就是這麼廉價。

「不過，這也是因為這個消息太適合當下午茶的話題了。搞不好札庫雷爾這時正跟他老婆一邊吃蛋糕，一邊談論這件事呢。」

「……請別以為每個人都跟您一樣。」

巴納修看了一眼擺在桌角的蛋糕，語氣冷淡地說道。

「也對。札庫雷爾那傢伙一看就知道對甜食沒什麼興趣，如果是他，吃的應該是鹹餅乾吧。」

亞爾卡斯一臉認同地點了點頭，只是認同的地方似乎不太對。

巴納修嘆了一口氣，這位上司的間歇性脫線症又發作了。如果不是因為這種性格，這個年輕人的評價應該會更高才對。

巴納修並不知道，亞爾卡斯還真的猜對了。

此時的札庫雷爾真的與自己的夫人正在談論這次的事件，他們兩人屏退了所有隨從，坐在開滿鮮豔花草的庭園裡喝著下午茶，茶點正是鹹餅乾……

「想不到一個小小的亂黨能做到這種程度，沙納伯爵這下子顏面盡失了。」

札庫雷爾感慨地說道。沙納在傳統派貴族裡名聲頗佳，札庫雷爾也對他抱持著相當的敬意。

「能夠一口氣策反三位子爵的叛亂組織，已經不適合用小來形容了吧？」

一名將暗色金髮盤於腦後的貴婦人輕聲反駁。她是札庫雷爾的妻子愛麗莎·柏爾溫德，自從四年前嫁給札庫雷爾後，外界對她的稱呼便固定為「札庫雷爾夫人」了。

札庫雷爾夫人上個月才過了二十二歲的生日，她與札庫雷爾相差二十多歲。在貴族社會，這種老夫少妻的情況並不少見。

柏爾溫德家族曾經出過一位公爵級魔法師，雖然後代子孫始終無法重現祖輩的輝煌，但柏爾溫德家族的血統依舊被人看重。

兩人的結合屬於標準的政治婚姻，但彼此之間卻相處得非常融洽，雙方都沒有額外的情人，這在貴族社會並不多見。

愛麗莎·柏爾溫德是一位有著溫和氣質的美人，男爵級魔法師，最近的興趣是園藝，這座花園的一草一木全是她親手栽培的。結婚四年仍未有子嗣的她，似乎有將愛情轉移到植物身上的傾向。

「確實如此。策反三名子爵，這種事一般人是辦不到的。」

札庫雷爾點了點頭，承認妻子所言確實有道理。

「就常理而言，失去三名子爵級魔法師已經是極大的損失了。但那群亂黨已經給了我太多驚奇，就算他們手中有更多魔法師，我也不會覺得意外。」

札庫雷爾習慣把晨曦之刃稱為「亂黨」，他不太喜歡「革命軍」或「叛亂組織」這類稱呼的語感。

「可能嗎？那三名子爵不是首領嗎？」

「這麼想的人恐怕很多。」

札庫雷爾沉聲說道，意思就是他不這麼想。

自雷莫建國以來，以顛覆國家為口號的地下勢力並不是沒有，但是那些組織多為凡人組建，他們痛恨社會制度的不公，對於魔法師享有過多特權一事深感不滿。然而，這些組織無一例外地全都失敗了，畢竟傑洛是個魔力至上的世界，凡人不可能是魔法師的對手。

子爵級魔法師與叛亂組織有關聯，而且多達三位，這在雷莫的歷史上是絕無僅有之事。

大部分的貴族都不相信晨曦之刃還有更大的後臺，他們認為子爵涉案已經是極限了，畢竟魔法師本身就是最大的特權階級，誰會沒事自己推翻自己呢？

「如果這個組織的首領另有其人的話，那會是位階多高的魔法師啊？」

札庫雷爾夫人掩嘴驚呼。她沒有懷疑丈夫的判斷，即使那是沒有證據的猜測。

「誰知道呢？不過經此一事，女王陛下不可能容許他們繼續坐大。這群亂黨的滅亡只是時間問題。」

札庫雷爾說完，喝了一口花草茶。事實上他並不喜歡花草茶，但由於茶葉是由夫人親手栽種的，所以他默默地隱瞞了自己的喜好。

就在這時，札庫雷爾看見一名僕人站在遠處望著自己。

「什麼事？」

札庫雷爾問道。於是僕人走到札庫雷爾身邊，恭敬地遞上一封信。

信封是黑色的，這樣的信封通常只會用於訃聞。

見到印在信件封口處的家族紋章，札庫雷爾不禁挑了挑眉毛。

這是來自庫布里克家族的黑信。

抱著不祥的預感，札庫雷爾拆開信封，仔細閱讀裡面的內容。他的神色先是驚訝，接著轉為惋惜，最後變得沉重。

「怎麼了嗎？」

見到喜怒一向不形於色的丈夫竟然如此表現，札庫雷爾夫人好奇地問道。

「看來，不幸的話題又多了一件。」

札庫雷爾將信交給夫人。夫人讀完後，忍不住掩嘴發出「哎呀」的聲音。

信紙只有薄薄一頁，裡面的消息卻重逾千鈞。

庫布里克公爵病逝！

※◆※◆※◆※

庫布里克公爵死亡的消息如同旋風般襲捲了整個貴族社會，就連克倫提爾叛亂事件的討論熱度也跟著降低不少。

魯爾·庫布里克年老力衰一事早已廣為人知，大家也都知道這位老公爵隨時可能與世長辭。

但就算有了心理準備，接到噩耗時，眾人仍免不了一陣錯愕。庫布里克的死亡，其影響範圍不僅限於庫布里克家族，甚至足以擴及全雷莫。

「這樣一來，雷莫就只剩下兩位公爵了。」

「對面的亞爾奈可是有三位公爵，這下子換我們居於劣勢了啊。」

「亞爾奈應該不會趁機打過來吧？」

「又不是小孩子的算術作業。比我們多一位公爵又怎樣？難道亞爾奈三公爵敢全部過來？小心艾芬與夏拉曼達趁機攻占他們的老巢。」

「反過來說，我們短時間內也沒有對外征戰的本錢了吧？」

……諸如此類的討論，在貴族的茶會、舞會與宴會中不斷被人反覆提及。沒人對庫布里克家族的日後興衰感興趣，大家關心的，是「雷莫少了一位公爵」這個事實。

雖然庫布里克公爵還在世時，能否踏足戰場一事就已經被人強烈懷疑了，但懷疑終究只是懷疑，誰也不確定這位老公爵是否還保有一戰之力。

就算上了年紀，公爵依舊是公爵，若是豁出性命，拖上幾個侯爵陪葬，甚至重傷一位年輕公爵也不是不可能的事。

對雷莫的敵人而言，只要庫布里克公爵不死，雷莫的公爵級戰力的數量始終是三，而不是二。如今，他們總算可以鬆一口氣了。

就在這種憂慮的氣氛中，庫布里克公爵的葬禮如期舉行。

雷莫的葬禮與地球的大陸系國家有些相似，下葬日只有親人在場，在那之前，棺木會在外界停留一段時間，供前來弔唁的賓客瞻仰。

死者的社會地位越高，弔唁期就越長，這是顧慮賓客過多所演化而來的習俗，公爵的弔唁期長達一個月之久。

亞爾卡斯是在收到訃聞的第三天前往撒謝爾城的，隨行者只有副官巴納修一人。

亞爾卡斯的行動已經算快了，這還是因為他正值參謁期，可供運用的空閒時間較多之故。

像莎碧娜或札庫雷爾，手邊要處理的東西實在太多，恐怕要到最後幾天才能抽空前來弔唁。

坐了一整天的浮揚舟後，亞爾卡斯與巴納修抵達了目的地。庫布里克家族安排的迎賓禮車早已在升降塔的大門外待命。

「不愧是公爵直屬城市，氣魄就是不一樣。」

亞爾卡斯一邊透過禮車的窗戶欣賞風景，一邊對城市的繁榮讚嘆不已。

「請別忘了，您也是公爵。」

巴納修語氣冷淡地說道。

「唉，內政一向是我的弱項吶。」

「是根本沒用心吧？只要認真治理領地，這種程度您也做得到。」

「說得好像我是那種混吃等死的貴族一樣。」

「我並沒有這麼說。但比起政務，您將更多時間放在軍務上，這也是事實。」

「喂喂喂，看到上司如此勤勉，這不是一件值得開心的事嗎？」

巴納修是亞爾卡斯的副官，這項人事任命屬於軍事系統，而非貴族系統。換言之，巴納修僅能在軍隊事務上協助亞爾卡斯，至於領地內政則是亞爾卡斯家族的事情，除非她宣誓效忠亞爾卡斯家族，否則無權置喙。

您哪裡勤勉了？巴納修很想這麼回他，但這樣就太失禮了。

「算啦，我可不想跟庫布里克公爵一樣。」

說完，亞爾卡斯便閉目休息了。

巴納修有些困惑，但很快就恍然大悟。

庫布里克公爵一死，庫布里克家族便後繼無人，不符位階的封地將被收回，庫布里克家族多年來辛勤治理領地的成果也將化為泡影，庫布里克家族長期積累的財富則會被貪婪的貴族所瓜分。

亞爾卡斯家族與庫布里克家族的處境太像了。

亞爾卡斯家族多年來一直是男爵，偏偏出了英格蘭姆．亞爾卡斯這麼一個異類，但這是無法複製的。可以想見的是，當這位吟遊元帥一死，亞爾卡斯家族又會回到代代男爵的狀況，然後屬於公爵位階的封地也會被收回，財富遭人覬覦……

「……對不起。」

巴納修覺得臉頰發燒，為自己的無知深感羞愧。

「沒什麼好道歉的。」

亞爾卡斯淡淡地回答。

兩人都沒有再開口，車廂裡面變得異常安靜。

在這種令人焦躁的沉默中，禮車抵達了城主府。紅地毯從門口一路鋪到禮車處，左右兩側各站著一排黑衣侍女，一名老人站在敞開的大門中間——此人正是伊莫．庫布里克，庫布里克家族的家主。

一般說來，喪主是不需要出門迎接賓客的，但賓客的地位若是大於死者，那麼喪主就有親自出面的必要了。

伊莫．庫布里克表情哀戚、神色憔悴，看起來似乎已經很久沒有睡好了。或許是因為剛才談到了相關的話題，巴納修不禁對這位老人心生同情。

想來庫布里克伯爵這陣子除了忙著準備葬禮，還得煩惱如何應付日後那些覬覦家族財富的餓狼吧？

「以無所不在的至高魔力祝福您，庫布里克伯爵。非常遺憾，我們失去了一位偉大的長者。」

亞爾卡斯微微躬身，無論是姿勢或態度都無可挑剔。

「以無所不在的至高魔力祝福您，亞爾卡斯公爵。您的到來，為本城增添了無數光彩，先父地下有知，相信也會覺得光榮。」

庫布里克伯爵同樣端正地回禮。

「請務必讓我向那位逝去的偉大長者致意。」

「請跟我來。」

經過一段制式化的問候後，庫布里克伯爵帶領亞爾卡斯前往放置棺木的大廳。巴納修沒有跟上，她的地位還不足以入城弔唁，她還有另外的工作，那就是轉交慰問禮物。

亞爾卡斯走進城主府大廳，裡面的布置奢華又低調，在令人心生肅穆之餘，也能感受到庫布里克家族的雄厚財力。

畢竟是一位公爵的葬禮，這種程度的鋪張是必要的。即使失去了最大的靠山，該擺出的場面還是得擺出來，否則只會淪為貴族圈的笑柄。

庫布里克公爵的棺木就停在大廳正中央。

棺木是上好的銀紋鐵木，做工十分精細，金漆紋邊，寶石鑲嵌，看起來華麗至極。棺木外面立著一層半透明的銀絲紗帳，周圍排滿白色系的鮮花。死者生前的事蹟被畫成一幅幅等身高的圖畫，在棺木最外面圍了一大圈。這些圖畫又被稱為功勛之證，圖畫越多越能彰顯死者的榮耀。

（雖說是習俗，但我真不希望自己死後被人這麼搞……）

亞爾卡斯面無表情地想著失禮至極的事。

「請。」

庫布里克伯爵抬手說道。

亞爾卡斯走到銀絲紗帳外，開始唸誦部下準備好的祭文。文章的內容毫無個性可言，充滿制式化的味道，然而亞爾卡斯可是被戲稱為「吟遊元帥」的男人，即使是內容死板的祭文，在他口中也像是一道流暢的詩篇。

「非常感謝您為家父費心準備如此完美的祭文，在下不勝惶恐。時值喪期，若有招待不周之處，還請多多包涵。」

「哪裡，我對令尊的景仰之深刻，這點小事尚不足以表達其萬一。」

「在下已備好休息的處所，如不嫌棄，還請移步。」

「不用了。想來閣下還有諸多事務要處理吧？我就先走一步，不多打擾了。」

「既然如此，那在下就不強求了。以無所不在的至高魔力祝福您，望您一路平安，亞爾卡斯公爵。」

「以無所不在的至高魔力祝福您，願傷痛早日遠離，庫布里克伯爵。」

庫布里克伯爵用與來時同樣隆重的禮儀將亞爾卡斯送到城主府門口，巴納修也正好處理完交接禮物的手續。

從開始到結束，整個弔唁過程僅花費不到半小時。

回程的禮車上，亞爾卡斯像在思考什麼似的沉默不語。

「您怎麼了？忘記東西了嗎？」

見到上司的異狀，巴納修疑惑地問道。

「不，沒有……只是，總覺得好像有什麼地方不對勁。」

「不對勁？」

「很難形容……算了，或許是我多心了吧。」

亞爾卡斯聳了聳肩，結束了這個話題。兩人順利搭上浮揚舟，迎著晚風踏上歸途，這場弔唁之旅就這樣波瀾不驚地結束了。

此時的亞爾卡斯並不知道，他的預感是正確的，而且在日後將以令人難以想像的激烈方式予以實現。

※◆※◆※◆※

由於接連爆發了克倫提爾叛亂事件與庫布里克公爵之死這兩件大事，使得有關桃樂絲一黨的討論熱度一下子就降低了。

雖然據說桃樂絲一黨參與了克倫提爾叛亂事件，但這項情報並未被人認真看待。

自從桃樂絲取得魔王寶藏的消息傳出後，雷莫各地天天都有桃樂絲犯案的新聞。那些冒用桃樂絲之名幹壞事的案件數量，比起過去暴增了足足有十倍之多。在這種情況下，想要查證消息真偽是非常困難的。

至於真正的桃樂絲一黨，也就是莫浩然一行人，則是在離開克倫提爾城後便持續西行，一邊與荒野上的怪物搏鬥，一邊朝著亡者之檻邁進。

值得一提的是，桃樂絲一黨的人數已經正式變成了五人。

至於新加入的成員，便是那位不請自來的獸人女孩紅榴。

打著「遵循祖訓，伺機報恩」的名義，紅榴硬是加入了莫浩然的隊伍。

紅榴跑得比獸車還快，耐力也比拉車的騎獸更強，食物方面更是能夠自給自足，可以說荒野根本就是她的主場！一旦紅榴下定決心跟隨隊伍，想甩掉她幾乎是一件不可能的事。

對於這位新成員，眾人都覺得有些無奈。

莫浩然找不到理由拒絕——事實上就算拒絕了也沒用，紅榴還是會自己跟上來。

零從頭到尾都沒有意見——反正只要不妨礙到她的監視任務，多一個人、少一個人她都無所謂。

西格爾始終保持沉默——他認為自己在這件事上面沒有發言權，何況要是因反對而惹怒紅榴，對方一巴掌就可以拍死他，為了小命著想，他覺得自己還是別開口比較好。

伊蒂絲（紅色人格）倒是極力反對——但她的努力往往以失敗收場，就算用魔法鎖住紅榴，隔天紅榴還是會循著味道追上來。

伊蒂絲唯一能做的就是不斷嘲諷紅榴，希望利用言語攻勢逼退獸人少女，可惜成效不彰，最後總是演變成雙方互相鬥嘴，既無贏家也無輸家的空虛局面。

「妳這頭不要臉的野貓，究竟什麼時候才滾啊？我可從來沒有允許妳加入我們！」

「為什麼我跟著小桃桃，需要毒草人的同意呀？」

「妳說誰是毒草人！」

「因為妳的確是毒草人嘛。麻煩沒事別太靠近我，妳身上很臭。」

「什……！妳這野貓鼻子壞掉了嗎？我哪來的臭味！」

「有哦，渾身上下都是尼米涅茲的味道。第一次見到妳的時候，我還想說怎麼會有人敢把那種毒草做成香水抹上去，沒想到妳不只是抹上去，竟然直接連肚子都給它塞得滿滿的。不過既然是毒草人，那也沒辦法。放心，我會盡量忍耐的。」

「誰要妳忍耐了！不、不對！我才沒有臭味！夠了，妳現在就給我滾！」

「啊，請再後退一點，太臭了。」

「不是說要盡量忍耐的嗎！」

伊蒂絲的紅色人格與紅榴之間的對話大致上就像這個樣子。至於藍色人格對於紅榴加入這件事抱持著無所謂的態度，因此不會主動挑釁對方。

一行人就這樣熱熱鬧鬧地向亡者之檻前進，讓莫浩然非常懷念過去那段只有自己與零的安靜日子，雖然傑諾也挺囉嗦的，但至少他的囉嗦比起獸人少女與魔力傀儡的吵架更有意義。

「更加積極的面對人生吧。往好的方面想，至少你這趟旅程變得更加安全。」

傑諾如此勸慰莫浩然。

雖然是不請自來的新成員，但紅榴的加入確實讓莫浩然的人身安全係數直線上升。這位獸人少女有著異常驚人的戰鬥力與食欲，一路上遇到的怪物全被她打倒，然後烤來吃掉了，根本輪不到莫浩然或伊蒂絲出手。

「說得簡單，別忘了差點害死我的也是這傢伙。」

莫浩然所指的，是當初他在野外遭遇變異戰蛛獸一事。

事情的起源，在於有一天莫浩然與紅榴閒聊時，她剛好提到了自己為何會孤身旅行的理由。

「這是族裡的考驗。在領悟什麼是獅子心之前，我不能回去。」

「獅子心？那是什麼？」

「就是只有獅子之王才能得到的勇氣。」

「……抱歉，我聽不懂。」

「沒關係，我也不懂，所以才要去領悟嘛。」

「說得也是。不過，要怎麼樣才能領悟那種莫名其妙的東西？」

「我也不知道耶。我想大概是要打贏什麼東西才行吧，所以上次跟小桃桃分開後，我就跑去亡者之檻了。」

「我覺得妳的領悟方式有很大的問題……等等，亡者之檻？」

「然後在那邊遇到了一隻大蜘蛛。雖然那隻大蜘蛛看起來很難吃，但好像很強的樣子，想說要是打倒牠的話，應該就能領悟獅子心了吧。」

「大蜘蛛……？」

「那隻大蜘蛛真的很厲害哦！我們打著打著，不知不覺就跑出亡者之檻，後來還是被那隻大蜘蛛逃掉了。我因為肚子餓，不小心被一個又老又醜的人類魔法師捉住了，最後又被小桃桃救啦，啊哈哈哈！」

「……是錯覺嗎？我從妳的描述中，聽到了很多令人非常在意的東西。」

也就是說，造成自己被變異戰蛛獸追殺、被困在迷宮裡面好幾天、被伊蒂絲糾纏的罪魁禍首，就是眼前這個天然呆貓耳娘嗎？想到這裡，莫浩然就有一種想將對方埋進土裡的衝動。

當然，莫浩然也只是想想而已，要是真打起來，他有被紅榴秒殺的信心。就算有禍式劍，但憑他那種不入流的劍術，恐怕還沒來得及拔劍就會被獸人少女一拳擊倒。

「我覺得你在懷疑自己的實力之前，應該先質疑一下『自己打算對小女孩拔劍』的心態是否正確才對。」

「那種會把怪物當成下午茶點心大口吃掉的小女孩，別說是拔劍了，就算是開槍掃射，法官也會體諒你的。」

何況就算亂槍掃射也不一定有用。

「這樣啊……算了，反正我對你的人格本來就不抱有期待。」

「……你是因為太久沒有出場畫面，所以特地來找碴的是嗎？」

就這樣，在僅有某人反對的情況下，紅榴堂堂正正的成為桃樂絲一黨的新成員了。

「我對你的人格本來就不抱有任何期待，不過你後面的那個東西，還是想辦法先處理一下吧。」

這天傍晚，傑諾突然對莫浩然說道。

「那個東西？」

莫浩然放下喝湯用的碗，轉頭向後一看。

然後莫浩然見到了——某個散發著陰鬱氣息的男子正躲在獸車的影子裡，神色枯槁地望著地平線的夕陽。

那名男子正是西格爾。

此時的西格爾，一點也看不出過去那種能言善道、精明幹練的自信表情，反而像是生意失敗徹底破產的悲慘商人，或是被觀眾唾棄辱罵的失意詩人。

「……那傢伙怎麼了？」

「不知道，所以才要你想個辦法呀。」

「啥？為什麼是我？」

「他好歹也是你的追隨者吧？幫部下解決煩惱，也是主人的義務。」

「唔……」

莫浩然找不到理由反駁。

雖然莫浩然沒有身為主人的自覺，也從來沒有頤指氣使地命令西格爾做些什麼，但這陣子確實受了對方不少照顧。眼見西格爾一副頹廢的模樣，要是就這麼放著不管，良心上多少有些過意不去。

想到這裡，莫浩然起身走向西格爾。才剛靠近，他便聽見對方吐出一陣深沉悠長的嘆息。

「你在嘆什麼氣啊？」

「嗯……哦，是桃樂絲大人啊……」

要是換成平時的西格爾，此時絕對會立刻彈起來，畢恭畢敬地打招呼。

然而此時的西格爾卻像是反應遲鈍的老人一樣，有氣無力地從地上慢慢站起來，簡直跟幽靈沒兩樣。

「發生什麼事了嗎？我覺得你這陣子情況不太對勁喲。」

西格爾目光渙散地看著莫浩然，眼睛看起來完全沒有焦點。

過了好一會兒，青年商人的眼角流下了淚水。

「桃樂絲大人……所謂的夢……是不是都是短暫的呢？」

「咦？」

「我……一直有個夢想……有一天，我可以放下旅行商人的身分，住在城市裡面，安穩地經營點小生意……」

「哦、哦哦……」

「然後，我再也不是獨自一人……我會遇見一個令我心動的女孩子，跟她談戀愛，然後結婚。我的妻子……雖然想像不出會是什麼樣的人，不過或許會是一個有著銀色短髮，兩隻眼睛顏色不一樣的漂亮女孩吧……」

你形容得已經夠具體了。莫浩然心想。

「結婚之後，我們會住在附有庭院的大房子裡，每日過著糜爛荒淫的生活，錢不夠的時候，妻子會幫我賺錢養家……接著我們會生三個小孩……最好三個都是女孩……我會為了她們的嫁妝努力奮鬥，賺到足以買下一百間房子的錢……然後跟那些想娶我女兒的男人們說，除非你們也拿出一百間房子，否則休想娶我女兒……就這樣，我完美地盡了一個身為丈夫與父親的責任……」

不管身為丈夫或父親，你都是最爛的那一種。莫浩然在想。

「明明是如此渺小的夢想……明明是如此簡單的夢想……為什麼會破滅得如此之快呢？所謂的夢，難道都是如此短暫的嗎？連一點實現的機會也沒有嗎？桃樂絲大人？」

西格爾淚眼汪汪地看著莫浩然，一臉悲傷地控訴著世界的不公。

他的表情是如此哀戚，眼神是如此痛苦，彷彿這世上所有的不幸全都匯聚到他身上一樣。莫浩然真想用力揍他一拳，然後大罵：簡單渺小個屁啊，混蛋！

雖然繞了一大圈，不過莫浩然總算知道事情的原委了。簡單說來，這是一個思春期青年愛上了不該愛的對象，最後徹底心碎的無聊故事。

「……西格爾。」

於是，莫浩然將右手放在西格爾的肩膀上。

「夢之所以會是夢，就是因為它無法實現。會實現的夢想不叫夢想，叫預定進度。面對現實，然後振作起來，去尋找一個更適合你的人吧，例如肚子裡面有內臟的那種。」

帶著溫柔的表情，莫浩然說出了殘酷的話語。

青年商人的淚水頓時由涓涓細流化為決堤洪水，只見他跪倒在地，然後發出無聲的慟哭。

「……真想不到，你竟是如此殘忍的人。」

頭上的大法師似乎也看不下去了。

「靠夭啊！我哪有時間去開導這種腦子裡面裝滿無聊妄想的傢伙！」

莫浩然一臉嫌惡地回答，幸好西格爾正沉浸於悲傷之中，沒聽到這句話，否則恐怕會哭得更用力。

「……我知道了！」

數秒之後，西格爾突然抬頭，他臉上涕淚交錯，雙眼散發出覺悟的光芒。正當莫浩然以為他總算想通時，青年商人的下一句話卻讓他表情為之一僵。

「這是上天給我的考驗！用來測試我的愛是否堅貞的考驗！」

「……啥？」

「愛是可以超越年齡、性別與物種的！如果只因為這點小小挫折就放棄，怎麼可能有資格去追逐夢想？謝謝您，桃樂絲大人！是您讓我領悟到了這一點！」

「不，年齡就算了，性別與物種什麼的千萬別隨便超越啊！還有，你究竟是從哪一句話裡面領悟到如此危險的思想？」

「我知道的……我都知道……桃樂絲大人是一個溫柔的女孩子……會說出那麼惡毒的話，一定是別有用意……請放心，我……不，小人西格爾，絕對不會讓您失望的！」

「……那你加油吧。」

莫浩然強忍住心中那股痛扁對方一頓的衝動，一邊露出嘴角抽搐的微笑，一邊鼓勵西格爾，他已經不想再繼續這個話題了。

「是！小人一定會堅持到底！隨侍於桃樂絲大人身後，為了成為一個好丈夫與好父親而努力的！」

這番話的邏輯聽起來怪怪的，但莫浩然已經懶得去糾正對方。

俗話說得好，希望越大，失望也就越大，這句話反過來說也是成立的。精神一度墜入谷底的西格爾，此時情緒高昂得像是要衝破天際，不斷對莫浩然傾訴自己的感動與理想，如果沒有意外的話，恐怕他能說上一整晚吧。

是的，如果沒有意外的話。

「咕呃——？」

西格爾突然跪了下來，他的表情扭曲，臉色慘白，彷彿瀕死的病人。

與此同時，莫浩然感到一股莫名的寒意籠罩全身，他的手腳僵硬，連呼吸都變得不順暢。

零默默轉頭，同時把手放到了劍柄之上。紅榴扔掉才吃了一半的怪物大腿烤肉，緊張地站起來。伊蒂絲放下手中的書，從獸車裡面走出來。

巨大的恐怖，以無可阻攔的態勢降臨了。

四周變得異常安靜，偶爾可以聽見的鳥鳴聲也不再出現，甚至就連晚風也悄悄停下腳步。

這是靈威壓制。

零與紅榴的視線同時投向某個方向，受到兩人的影響，莫浩然與伊蒂絲也跟著望了過去。

那裡什麼都沒有，能夠映入視野的，只有看不見盡頭的大地、聳立於遠處的山峰巨影，以及昏黃的天空。

……然後，有什麼東西開始蠢動了。

空氣出現了波紋，原本空無一物的地方，突然出現了一道半透明的身影。

一名有著砂色頭髮與紅褐色眼眸的英俊男子就這樣憑空出現。

鋼鐵獵犬來了！

「嘖！麻煩的傢伙跑出來了。」

一見到里希特出現，莫浩然頭上的那位大法師立刻咋舌。

「你認識？」

「啊啊，他叫麥朗尼·里希特，侯爵級魔法師，莎碧娜的猛犬，白晝的暗殺者。」

「侯爵……！」

「小心點，這傢伙非常難對付。就某方面來說，他比亞爾卡斯還難纏。隨時準備壁壘之型。」

傑諾認真地警告著。

「……看就知道啦，那傢伙一臉不好惹的樣子。」

莫浩然能夠理解為何傑諾那麼慎重。

不，事實上不需要傑諾的提醒，光看其他人的表現就知道了。

一向對外界事物不為所動的鬼面少女，竟然主動握住武器。

將吃飯看作媲美救命之恩的獸人少女，竟然將吃到一半的東西扔到一旁。

就連缺乏戰鬥經驗的魔力傀儡，也像是受到了來自本能或直覺的驅使，一直盯著對方不放。

此時出現在眾人面前的，就是這樣一個必須慎重對待的人物。

莫浩然曾經親身體會過銀霧魔女的靈威，那是充滿絕望感的窒息。他也曾經品嘗過吟遊元帥的靈威，那是無法抵禦的銳利。而眼前這名男子的靈威，則是赤裸裸的凶暴。

……沒錯，就是凶暴。

靈威的本質，是魔法師以靈魂驅使外界的元質粒子，使其造成的魔力波動。正因為根源於靈魂，所以魔法師的部分特質也會反映在靈威的存在形式上。

里希特的靈威具有強烈的侵略性，魔力的波動蹂躪四周，彷彿要把一切全部撕碎一般。然而他本人卻只是面無表情地站在那裡，沉靜有如雕像，這種巨大的落差反而讓人感到更加恐怖。

里希特就這樣站在那裡，用審視的眼神打量眾人十幾秒之久，甚至連跪地不起的西格爾也沒放過。

「……我很意外。」

最後，里希特的目光落到了莫浩然身上。

「沒被我的靈威壓制住，代表你們至少有伯爵級的實力。你們比傳聞中還要厲害，甚至能夠看破我的『隱密之型』。」

里希特邊說邊舉起雙手。他的雙手各自握著一把短劍，沒有人看見他是怎麼拔出劍來的。

「我也不再多說什麼了。主動投降，或是我讓你們投降，選一個吧。」

話才剛說完，里希特的身影便消失了。

「喝！」

就在下一秒鐘，紅榴突然朝自己身後猛力踢出一腳！這是一記凌厲有如巨斧，連空氣都予以撕裂的強力踢擊。

紅榴的身後原本就什麼都沒有，這一腳自然落空了。

理論上，應該是這樣沒錯的。

但所有人都聽到了──那不該響起的、彷彿金屬硬物互相撞擊般的聲音！

「反應很快嘛。」

里希特稱讚，聲音聽起來毫無誠意。紅榴立刻朝著聲音傳來的位置一拳轟去，這一次真的什麼也沒打到，顯然對方已經移動了。

紅榴一拳打空後，立刻往地上用力一蹬，迅速撲向相反的方向。這次她總算沒有撲空，而是像撞到了一堵看不見的牆壁般，在半空就被彈了開來。

莫浩然倒吸一口冷氣，他知道「白晝的暗殺者」這個名號是怎麼來的了。

敵人會隱形！

「卑鄙的傢伙！有種就露出臉來，我要把你的鼻子揍扁！」

只見紅榴一邊大吼一邊到處跳竄，像是在唱獨角戲一樣對著空氣揮拳。紅榴的攻擊屢屢落空，相對的，她身上卻不時出現一道又一道的明亮火花，那是遭到「剛擊之型」攻擊的證明。

獸人是一個以魔力強化自身的種族，他們的肉體之堅韌非比尋常，一般的刀劍難以傷害他們。

「……妳不是普通的獸人。」

里希特再次開口，這次聲音中摻雜著明顯的疑惑與訝異。

挨了自己這麼多刀，就算是獸人也早就該躺下了，但紅榴只是被斬中的地方出現紅腫而已，這樣的防禦力實在驚人。區區一個小女孩就有這樣的表現，就算是以強悍聞名的獅子族，也顯得太不合理。

（……或許該先對付其他人？）

里希特不禁生出這樣的想法。

里希特與一般的魔法師不同，他的戰鬥風格偏向暗殺者。隱匿氣息，接近敵人，一擊必殺，然後迅速脫離。

相較於時下魔法師之間流行的遠距離攻擊戰術，他更擅長近距離白刃戰——當然，是以刺殺的形式。

在勇猛之人眼中，這是一種怯懦的戰法。但不可否認，它確實非常有效。除非是無差別式的廣域攻擊，否則絕大部分的攻擊魔法都需要用眼睛捕捉目標才能發動，就像一旁的莫浩然與伊蒂絲，即使有心幫忙，但因為根本看不到里希特，就算想出手也沒辦法。

隱密之型是非常困難的高級魔法，它跟明鏡之型一樣，比起努力更看重天賦。就算想模仿也模仿不來，何況里希特多年來不斷鑽研隱密之型，最後將它昇華為僅有自己一人能掌握的特殊型魔法。

那些對里希特的戰法嗤之以鼻的人，其中多少有著嫉妒的心態。

眾所皆知，獸人是近身戰的王者，力量大、速度快、反應迅速、五感靈敏，隱密之型對他們的威脅有限，因此里希特才想要先解決紅榴。然而這位獸人女孩的能耐超乎想像，要是戰況一直這樣拖延下去，難保局勢不會有變。

（那麼……）

就像先前所做的一樣，里希特用瞬空之型繞至紅榴背後，發動剛擊之型用力一斬。從劍刃反饋來的手感，就像是斬中了包著厚皮革的堅硬岩石。在紅榴回身掃出一拳之前，他已經用瞬空之型離開原地，紅榴理所當然地打空了。

原本這樣的行動應該會一直重複下去的。

但，里希特卻在這時發動了穿弓之型。

沒料到對方會改變戰法，紅榴被突如其來的三連發光彈打得倒飛出去。趁著這個空檔，里希特有如疾風般竄至伊蒂絲身後，一劍刺穿了心臟！

里希特的目標只有桃樂絲，其他人是死是活都無所謂。

不，應該說死了比較好，因為這些傢伙會妨礙到自己。

如果只是像那邊那個跪在地上的凡人一樣，里希特不介意放過他們，但既然對方展現出強大的實力，就有擊潰的必要。

「什……！」

里希特愣住了。

原本想用瞬空之型脫離的他，身體竟然被固定了。

鎖縛之型！里希特腦中閃過這個魔法的名字。但，是誰幹的？有人能識破自己的隱密之型？還是說，有人事先看穿了自己的行動？

接下來，發生了更讓里希特感到錯愕的事情。

「——難道你不知道，這樣很痛嗎？」

那個被自己一劍穿心的銀髮女子，竟然開口說話了。

不，不僅僅是說話，她竟然把身體往前一彎，讓短劍脫離了自己的身體。最重要的是——短劍與傷口都沒有血！

「捉到了啦啊啊啊啊啊啊！」

興奮的吼叫聲由遠而近，紅榴在剎那間就衝了回來，以驚人的氣勢直接撲向里希特。那凶猛的姿態，令人聯想到獅子捕食獵物的畫面。

這一刻，局面逆轉了。

前提在於，如果里希特是尋常魔法師的話。

當紅榴的拳頭即將擊中的那一瞬間，里希特硬是以魔力衝破了鎖縛之型的封鎖，在間不容髮之際以瞬空之型逃走了。

但，里希特終究沒能完全避開。他的右臂被紅榴的拳頭擦過，僅是這樣而已，就劃出一道可怕的傷口。

「聞到了！在這裡！」

嗅到鮮血的氣味，紅榴精準地探測到里希特的位置，於是揮舞著堪比凶器的拳頭發動追擊。

從戰鬥開始以來，她的拳頭第一次擊中目標，並且將對方狠狠打飛出去。

（——不對！）

根據拳頭上殘留的觸感，紅榴立刻察覺到異常。

對方不是被打飛，而是自己飛出去的。

反過來將紅榴的打擊力轉化為推力，里希特那原本就已經用瞬空之型強化過的速度，在這時更上一層樓。幾乎在下一瞬間，他便衝到了「真正的」目標身邊。

鋒利的短劍，朝著莫浩然的肩膀落下！

里希特的這一劍，展露出令人驚嘆的戰鬥意識與技術。

大膽地以壁壘之型硬接獸人女孩的拳頭，然後借用其力道反過來發動突襲，在隱密之型仍未解除的情況下，里希特這一劍不僅快如閃電，同時無跡可尋。

——但是，這一劍被擋下來了。

一把銀色的長劍攔截了短劍的攻擊。

出手的是零。

從未主動出手的鬼面少女，竟憑著自己的意志為莫浩然擋下這一擊。

像是早已預料到會如此一樣，里希特的第二把短劍斬向了零，劍勢淩厲，角度刁鑽。零來不及收回長劍，只能向後一仰，因為來不及完全避開，劍刃劃過了她的臉頰，幸好被臉上的鬼面具所擋下。

就在這時，里希特的眼底倒映著毫光。

莫浩然出手了。

雖然依舊看不見里希特，但還是能察覺對方的位置其實近在眼前。在零攔下里希特的極短空檔裡，莫浩然調動了四周的魔力，他的身邊頓時出現成群的華麗光球。

打著既然無法瞄準，那就索性亂射一通的主意，莫浩然發動了暴雨之型！

光芒爆射！

為數十三枚的魔力彈呈扇形炸開，里希特來不及閃避，被四枚魔力彈正面擊中。雖然在壁壘之型的保護下沒有受傷，但身處半空的他還是被打得倒飛出去。里希特立刻颳起魔力之風，將橫飛改為縱飛，及時躲開了來自後方的紅榴重拳。

「像蒼蠅一樣飛來飛去，煩死人了！有種給我下來！」

紅榴對著浮在天空的里希特怒罵。

莫浩然也緊盯著天空，在深感敵人無比棘手之餘，心中也升起一股疑惑。

「喂，傑諾，你狀況不好嗎？怎麼覺得剛才的魔法不太夠力？」

莫浩然低聲問道。剛才的暴雨之型感覺成功得有點勉強，魔力彈的威力比起以前少了將近一半。

「我很正常。魔法威力下降是因為領域侵蝕的關係。」

「領域侵蝕？」

「沒時間解釋原理。反正你記住，位階相近的魔法師要是靠得太近，魔法威力會受到影響就行了。」

魔法師的實力取決於兩個因素：魔力領域與操魔技術。前者決定了魔法的威力，後者決定了魔法的命中率。

魔力領域的本質，事實上就是魔法師能以意志操控外界元質粒子的距離。當兩個魔法師戰鬥時，要是距離靠得太近，雙方的魔力領域將互相干涉，會降低元質粒子的操控效率。

除此之外，由於雙方在同一區域內汲取魔力的關係，每個人能夠汲取到的數量也會減少，簡單說來，就像一杯水分給兩個人喝一樣。

這樣的情況，被稱為「領域侵蝕」。

魔法師之所以喜愛遠距離攻擊戰術，並不只是因為安全，最主要的理由在於保持距離才能調集足夠的魔力，發揮出魔法理論上應有的最大威力。

「還有這種事？以前怎麼沒跟我說啊！」

「那時你也沒跟高階魔法師衝突過嘛。」

「明明就跟亞爾卡斯打過一次了！」

「你以為那種等級的魔法師會像雜草一樣，隨便走在路上就能遇到嗎？」

「現在不就遇到了！」

「嗯，所以我現在說了。」

「你這不負責任的傢伙！」

莫浩然打從心底想掐死這個混帳大法師。

就在莫浩然與傑諾交談時，里希特也陷入了困惑。

此刻困擾著里希特的事情，一共有兩件。

首先，是桃樂絲的魔力領域。

不知道是故意隱藏實力還是本來就只有如此，桃樂絲剛才張開的魔力領域並不大，但比起大小，更令他在意的是對方搶奪魔力的方式。

複數魔法師在近距離同時張開魔力領域後，領域會彼此侵蝕，並搶奪領域內有限的魔力。每個魔法師在對抗領域侵蝕時，都有自己的一套手法。那是無法透過語言或文字傳達，只能憑著感覺自我摸索，因此很難找到兩個侵蝕技術完全相同的魔法師。那種技術有如指紋，充滿了個人風格的烙印。

剛才桃樂絲的侵蝕技術，很像某個他認識的人。

但那是不可能的。

那個人應該早已死去才對。

其次，就是鬼面少女的中途插手。

里希特早就認出了零。

對方可是女王的貼身近衛，里希特當然不可能不認識。他也曾見過鬼面少女數次，雖然沒有交談過，但能夠感覺到對方是個沉默寡言、認真盡責的人。

這樣的人，為何會跟在桃樂絲身邊？

正是因為抱持著這樣的疑惑，所以里希特一直沒有對零出手。

零雖然對里希特的出現有所警戒，但遲遲沒有拔劍。直到剛才里希特攻擊桃樂絲時，她才出劍干涉。

結合第一個疑惑，里希特生出了某種猜測。

（仔細想想，陛下雖然頒布了通緝令，但態度似乎不怎麼積極……）

活捉一千金夸爾，死亡五百金夸爾，這的確是雷莫史上絕無僅有的超高懸賞。但這樣的懸賞用在一位至少伯爵級的魔法師身上，卻顯得太過寒酸了。伯爵級魔法師可不是地方城市能夠對付的角色，至少也該指派一個伯爵專門負責此事才對。

（有意縱容嗎……通緝令的頒布，只是做給別人看的？）

自從灰鎖監獄落成後，傳統派貴族們一直投以關注。他們認為這座監獄很可能是銀霧魔女用來對付政敵的手段之一。事實上，甚至有人認為桃樂絲是受到傳統派貴族勢力指使的特務人員。

里希特開始懷疑零之所以保護桃樂絲，其實是因為莎碧娜的命令了。如果真是這樣，自己在這裡把桃樂絲等人逮到，或許會破壞女王陛下的計畫。

在這一點上，就能看出亞爾卡斯與里希特的不同。亞爾卡斯雖然心有疑惑，但他的身分更偏向軍人，因此會覺得無論如何還是先把對方拿下再說。里希特是監察總長，對於陰謀詭計更加敏感，遇事不免想得更多。

只是，這種程度的疑慮尚不足以讓他罷手。

以上的猜測只是諸多可能性之一，而且還是機率最低的那幾種，充其量不過是隨手描繪的簡陋素描罷了，想要完成這幅幻想畫，需要更多的證據。

里希特是為了追查晨曦之刃的下落而來的。札庫雷爾認為晨曦之刃遲早會覆滅，但他不同，亞爾卡斯暗殺事件與克倫提爾叛亂事件的出現，讓他對晨曦之刃的警戒心提升到最高點。

疑似與晨曦之刃有所牽連的桃樂絲，是他絕對要逮住的對象之一，好不容易才追到這裡，怎能輕易放棄？

里希特的遲疑並沒有持續太久，很快的，他便做出「繼續」的決定。但就在他準備動手時，一個小小的意外出現了。

零的面具發出輕微的喀吱聲，然後裂成兩半，掉落在地。

這是剛才擋住了里希特一劍的代價。

見到面具下的臉孔，里希特愣住了。

那張臉跟莎碧娜一模一樣！

里希特的驚愕維持了整整數秒，接著表情又變回最初的冷酷，不同的是，這次他毫不猶豫地轉身飛走。

這已經不是他自己能夠決定的事了。

※◆※◆※◆※

一直等到籠罩四周的靈威消失，紅榴也聞不到里希特的氣味後，莫浩然一行人才確定里希特已經不在此地。

雖然不曉得對方為何突然改變主意，但麻煩的傢伙離開了，總是一件令人安心的好事。唯獨好戰的獸人女孩大發脾氣，對著天空怒罵對方沒骨氣。

「搞什麼！打到一半就跑！膽小鬼！……喂，妳還好吧，毒草人？」

罵完之後，紅榴蹦蹦跳跳地跑到伊蒂絲面前問道。乍聽之下似乎是關懷的詢問，但紅榴的表情卻是好奇的成分居多。

「當然不好。妳自己被人用劍捅一下試試看如何？」

伊蒂絲一臉不愉快地答道，胸口的傷痕正在自我治癒，已經痊癒了將近一半。

「很痛嗎？」

「廢話，當然很痛！」

「好奇怪，明明身體裡面全是毒草，可是卻會覺得痛？」

「妳腦子裡面什麼也沒裝，被人打了也一樣會痛。」

「唔，不過剛剛配合得真不錯呢。下次打架也這麼做吧？妳誘敵，我揍人，完美的搭配。」

「哪裡完美了，妳這隻沒腦子的笨貓！」

伊蒂絲豎起眉毛生氣地大喊，下一秒鐘，她的表情突然轉為沉靜。

「不錯，其實這種戰術還挺適合妳的，非常出人意料。」

藍色的人格跑出來了。

「不錯什麼啊！妳這麼喜歡被人用劍戳洞嗎？變態！」

紅色的人格立刻反駁。

「反正痛的是妳。」

「妳是白痴嗎？那下次換妳出來！讓妳也被捅一劍試看看！」

「要是換我出來，戰術就會不一樣。誘敵的任務比較適合妳。」

「為什麼啊！」

「因為我比妳聰明。」

「胡說！妳是蠢蛋！徹底的蠢蛋！」

「哇啊，又發作了，笨蛋病……」

伊蒂絲的紅藍人格再次陷入無意義的爭執，紅榴見狀連忙退開好幾步，免得被笨蛋病菌傳染。

另一邊，莫浩然正跟零道謝。

「不好意思，剛才幸虧有妳。可是……」

妳為什麼幫我？這句話梗在莫浩然的喉嚨裡，遲遲無法說出口。

對於零的援助，莫浩然是十分感激的。雖然他已經做好發動壁壘之型的心理準備，但里希特的突襲實在太快，就算傑諾及時提醒，他的反應也無法跟上。若不是零，他必定會挨上一劍。

與感激同時出現的，是疑問。

零的任務是監視他，除非遇到妨礙，否則絕不會出手。里希特剛才沒有攻擊她，自然也不會被她視為妨礙者。

但，零還是出手了。

這是為什麼呢？

「……」

零沒有回答，只是俯身撿起掉在地上的面具。她的動作非常小心，彷彿捧著什麼寶物一樣。

「啊，給我吧。立刻修好！」

莫浩然從零手中搶過面具，零沒有阻止，看來是默許了。

使用修復之型後，面具很快就變得完好如初。零接過面具，然後將它戴上，接著像是什麼事也沒發生一樣站在原地不動。

從頭到尾她都沒開過口，哪怕是一個音節也沒有說，這樣的反應讓莫浩然更是問不出口。

「小桃桃，還好嗎？」

漂亮地打破了這股尷尬的沉默的人，是將我行我素當成名牌掛在身上的獸人女孩。

「哦，呃，嗯，還好。」

「剛才那個不敢見人的傢伙是誰呀？你認識？」

「要說認識嘛……」

莫浩然自己也是直到剛才才從傑諾口中知道對方的身分，要說不認識似乎有點牽強，說認識又有點奇怪，這種不上不下的感覺令他有些鬱悶。

「雖然不確定，不過好像是被稱為魔女忠犬的傢伙。」

「忠犬？」

紅榴歪了歪頭，然後露出恍然大悟的表情。

「啊！是那個嗎？『鋼鐵獵犬』麥朗尼·里希特？」

「……妳知道啊？」

「不知道不行。出門前，爺爺慎重警告有幾個人類最好別招惹，那隻空氣狗就是其中之一呢。」

因為對方隱形，外號又是獵犬，所以叫空氣狗嗎？幫人取綽號的品味還真低啊……

莫浩然心想。

「糟糕，沒遵守爺爺的話，回去又要被罵了……哎，不過是對方主動跑來找我打架的，應該沒問題吧？」

由於里希特第一個攻擊的目標就是紅榴，因此獸人女孩似乎認定對方就是因為她而來的。

「那個……他的目標可能是我也不一定。」

「咦？是小桃桃？為什麼？難道，小桃桃是什麼大人物？」

「不，只是很普通、隨處可見的通緝犯而已。之前不是跟妳講過了？」

在紅榴尾隨眾人時，莫浩然為了把她嚇跑，便把自己身負高額懸賞的事情說出來。當時紅榴只是很瀟灑地說了一句：「這樣啊？」就沒下文了，一點也不在意莫浩然的罪犯身分，但現在恐怕不一樣了。

「不好意思，連累到妳了。如果想離開的話也……」

「咦？離開？為什麼？」

紅榴眨了眨眼睛，一臉不可思議地問道。

「問我為什麼……我被那麼厲害的傢伙盯上了，要是繼續跟著我，同樣的事情難保不會再發生吧？」

「那不是正好嗎？」

「啊？」

「這是報恩的好機會喲。等到小桃桃快被空氣狗殺死的時候，我再噗咻一聲出現，砰磅一聲打飛空氣狗，嗯嗯，完美！」

「……」

莫浩然無話可說了，果然人類與獸人的思考方式不在同一個次元。

「真是的，那麼危險的傢伙，你究竟是怎麼惹到的？」

這時伊蒂絲也走了過來。她身上的傷痕已經完全不見了，只剩下衣服上的破洞可以證明她曾遭人一劍穿心，這種體質實在可怕。

「不過沒辦法，既然已經說好用身體報答你，也只能奉陪到底了。」

「……那還真是多謝妳了。」

「都已經為你做到這種地步了，要是沒找到那位大人，一定會殺了你喲。」

「把我剛才的道謝還給我！」

「咦？什麼？那位大人？哪位大人？你們在說什麼呀，小桃桃？」

「跟妳沒關係，笨貓。」

「是毒草人村的大人物嗎？超級毒草人之類的？」

「殺了妳呀！」

伊蒂絲啪的一聲切換到紅色人格，然後拔出匕首刺向紅榴。獸人女孩一邊發出「喵哈哈哈」的笑聲，一邊跑給對方追。

看著兩人追逐的樣子，莫浩然忍不住嘆了一口氣。他也懶得再阻止她們了，無論如何，大家都沒事就好。

至於被靈威震懾以致昏死過去的西格爾，完全被人忘記了……

暴亂日 04

動亂的序幕

在雷莫曆一四〇六年，末春之月二十五日。

這一天，雷莫女王終於從繁忙的公務行程中抽出時間，前往撒謝爾城弔唁庫布里克公爵。

從那華麗的外表很難看得出來，莎碧娜其實是一個對工作相當勤勉的人，她投入於政務的精力與時間之多，在雷莫歷代君王中極為少見。

在過去，雷莫國王除了管理自己的直屬領地外，最主要的工作就是擔當國家層級的戰略武力，至於國家的施政方針則是派閥勢力互相博奕與妥協的產物。

在這種情況下，身為既得利益者的貴族階層越發強大，同時滋生出許多弊病。以往的國王對這些問題皆視而不見，但銀霧魔女卻以銳氣為刀刃，將這些有如惡性腫瘤般的問題一一斬除。

對莎碧娜的作為深感不滿的貴族多不勝數，但他們敢怒不敢言。一來他們沒有挑戰王級魔法師的本領，二來莎碧娜麾下強者雲集。

雷莫雙壁堅不可摧，鋼鐵獵犬凶悍絕倫，這些強者都是因為認同莎碧娜的魄力而投入莎碧娜的陣營。

他們共通的特點是年輕，而且深信雷莫需要改革才能走得更遠，在莎碧娜掌權後，他們個個身居要職，因此被稱為「銀霧世代」。

長年累積下來的沉痾不是那麼容易消除的，就算切除患部，也得注意不能削減國家的整體實力，否則虎視眈眈的亞爾奈隨時會撲過來咬上一口。要如何把握其中分寸是一件相當困難的工作，因此莎碧娜總是從早忙到晚。

一位同樣也是從初期就效忠莎碧娜的下級貴族羅瓦男爵，持續性地在日記裡記錄了他對整個雷莫與女王這四年來的改變，這本日記則在日後成為史學家研究歷史真相的重要資料。

「女王的勤勉令人佩服，但我想她也是不得不為。若是稍有懈怠，那些傳統派貴族就會猛烈反撲，如同饑餓的野獸般侵吞掉眾人努力的成果。女王與我們就像是逆流而上的小船，只能不斷前進。」

在日記中，羅瓦男爵以優美的字跡如此記述。

「有時我在想，女王缺少一個優秀的心腹。女王非常聰明，能力極強，但她必須坐鎮黑曜宮，不能輕易離開。要是有人能夠代替她，到外面震懾那些跋扈的地方貴族，改革的工作應該會更順利吧？遺憾的是，女王身邊沒有人能坐上這個位置。」

雷莫幅員遼闊，地方貴族對上級命令陽奉陰違的情形並不少見。就算是國王，統治力也很難全面滲透到基層。

「無論是雷莫雙壁或鋼鐵獵犬，都無法勝任心腹的工作。札庫雷爾公正沉穩，但他出身傳統門閥，有著自己的包袱。亞爾卡斯能力雖強，但性格略嫌輕浮，思慮不夠周全。里希特已經負責暗處的監察工作，不適合再擔任這種明面上的任務。」

要成為至高者的心腹，忠誠與能力只是基本，最重要的是不能有明顯的破綻，就算是性格或家世也一樣，否則容易為人所乘，反過來破壞君主的大計。

「或許是我私心作祟，但最適合坐上這個位置的，只有傑諾．拉維特。若沒有他，女王無法成為雷莫之王；若沒有他，雷莫或許已被亞爾奈吞併了大半領土；若沒有他，我恐怕也無法坐在書桌前寫下這篇日記了。那個男人確實是當之無愧的英雄。」

寫到這裡時，字跡開始變得有些潦草，可以從中看出書寫者的激動。

「因為女王的憤怒，傑諾．拉維特的名字變成了禁忌，直到今天還沒有人敢在公開場合提起他的名字。但那個人真的背叛了嗎？他真的是為了王位才向女王發起挑戰的嗎？雖然我很尊敬女王，但在這件事情上，我持保留意見……」

※◆※◆※◆※

莎碧娜於末春之月二十五日用過晚餐後，便搭乘浮揚舟離開首都巴爾汀，抵達撒謝爾城時已經是二十六日早上的事。隨行人員除了六名僕傭，還有十四名親衛隊隊員，總計二十人。

莎碧娜是個不太注重排場的人，過去的雷莫國王每次出巡，隨行人員至少是莎碧娜的三倍。不少人曾勸她身邊應該帶更多人，至於理由不外乎王者的威嚴與安全。

「需要他人襯托才能顯露的威嚴，我不需要。對於能夠挑戰我的安全的存在，我很期待。」

莎碧娜用冷淡的語氣把勸告堵了回去。對於這番霸氣十足的宣言，臣下們只能苦笑以對。

跟在莎碧娜身邊的人員雖少，但個個精銳。十四名親衛隊隊員中，隊長哈里斯是子爵，其他人最低也是一等勛爵。他們的忠誠無庸置疑，同時身經百戰，裝備齊全。

哈里斯是一名身材挺拔的金髮男子，明年將滿四十歲，已婚，育有一子一女。

自從莎碧娜坐上王位後，他便接掌了親衛隊隊長一職，這幾年來始終兢兢業業，沒犯什麼過錯。

有時他也會懷疑自己是否夠資格擔任這項職務，畢竟護衛的對象是女王，讓女性擔任親衛隊隊長的話應該會比較方便。

魔法師的資質高低與性別無關，雷莫的女子爵多到可以塞滿黑曜宮的花圃，然而莎碧娜一直沒有換掉哈里斯。

雖然外界認為女王對哈里斯很滿意，但金髮中年人自己卻不這麼認為，他總覺得自己隨時有可能被其他人換掉，哈里斯的妻子笑他「被害意識太重了，不愧是擔任親衛隊隊長的人」。

哈里斯的危機感在半年前達到最高峰，因為女王身邊突然冒出了一個戴著鬼面具的奇怪少女。鬼面少女沉默寡言，劍術高強，而且感覺與女王非常親密。

「看來再過一陣子，我的位置就不保了……」

哈里斯失落地想著。他倒不擔心自己會失勢，女王是個公正的人，屆時必定會幫他安排一個好職位。

只是覺得自己為了訓練親衛隊投注了那麼多心力，突然要將它交出去，不由得感到有點可惜而已。

數月前，那位鬼面少女突然不見了。哈里斯猜想她應該是奉命去執行某個機密任務，藉此累積功勛。等她一回來，就是自己交出職務的時候了吧？

即使有些沮喪，但哈里斯的外表依舊一如往常，盡力做好自己分內的工作。一到撤謝爾城，他立刻對前來迎接的獸車做了徹底的檢查，一路上也是警惕地觀察四周。

迎賓獸車抵達城主府後，伊莫·庫布里克親自出門迎接。經過一段公式化的場面話後，庫布里克伯爵便準備帶領莎碧娜前往城主府大廳。礙於地位，只有哈里斯一人跟著莎碧娜進去，其他親衛隊隊員只能在外面守候。

見到整個大廳的奢華擺設後，哈里斯依舊板著一張臉，但從眼神可以看出他的驚訝與羨慕。

莎碧娜肅容走到停放棺木的紗帳外，開始唸誦祭文。一時間，大廳裡只剩下莎碧娜那清麗的聲音迴盪著。

不久，祭文便唸誦完畢，弔唁的流程至此已算正式結束。

「非常感謝陛下的駕臨。臣聞陛下尚未用過早膳，餐點已備妥，懇請陛下移步。」

「不用了，我趕著回去。」

「這怎麼行。陛下特地不遠千里前來弔唁，要是一點招待都沒，庫布里克之名會蒙羞的。」

「別介意，你有這份心意就行了。」

無論庫布里克伯爵如何挽留，莎碧娜還是沒有多留下來的意思。

在不知內情的人看來，恐怕會認為莎碧娜企圖疏遠庫布里克家族吧？但看在像哈里斯這樣熟悉莎碧娜性情的人眼中，這只是正常表現。這位女王一向孤高冷淡，哈里斯從未看過她開心大笑或勃然大怒的樣子。

（看來這位伯爵大人似乎不太瞭解陛下的性格啊……）

見到庫布里克伯爵努力勸說莎碧娜的模樣，哈里斯暗暗覺得好笑。

也對，據說這位庫布里克伯爵總是躲在自己的領地裡，因為庫布里克公爵重病的關係，這幾年的參謁之儀也輪不到庫布里克家頭上。不在首都活動的人，是很難把握女王的性格的。

眼見莎碧娜似乎有些不耐煩，庫布里克伯爵嘆了一口氣。

「……真是遺憾，既然您如此堅持，微臣也不敢再煩擾您。但先父死前曾有遺言，希望微臣轉告陛下。」

「哦？」

「先父臨終時說過，自己以前太過得意忘形，在許多地方得罪了陛下，對此懊悔不已。先父希望我能代他向陛下道歉，讓庫布里克家為陛下多盡一點心力。」

就連哈里斯這種沒什麼政治敏感度的人，也聽出了對方的屈服之意。

哈里斯想起庫布里克家族的情況後，對於伊莫·庫布里克會做出這樣的選擇並不感到意外。

庫布里克伯爵失去了公爵父親的庇祐，也沒有身居高位的族人，如果再不祈求女王的原諒，庫布里克家族的沒落將無可避免。

「庫布里克公爵言重了。或許他曾經有過冒犯我的地方，但我並未放在心上。庫布里克家乃是雷莫的名門，以後還有很多地方必須倚仗你們。」

莎碧娜微笑說道。

沒有得意，也沒有怨恨，充滿禮貌的笑容。

哈里斯覺得那是很符合女王一貫作風的微笑，但庫布里克伯爵似乎有些失望。

「……是嗎？那麼，先父最後還有一句話託微臣轉告……但這句話恐有不敬之嫌，還請陛下見諒。」

庫布里克伯爵躬身行禮，一副誠惶誠恐的模樣。

「直說無妨。」

「是的。那句話就是——」

庫布里克伯爵猛然抬頭，露出猙獰的表情。

「——去死吧！」

當惡毒的詛咒脫口而出的瞬間，整座城主府大廳的景色為之一變。

大量的光之線條有如脈動的血管，浮現於天花板、牆壁與地板之間，舉目望去全是光紋構成的圖形，讓人產生被光紋淹沒的錯覺。在此同時，強烈的虛弱與重壓感彷彿海嘯般湧來，一口氣吞沒了大廳裡的所有人。

（陷阱！）

哈里斯頓時臉色大變，並瞬間判斷出這座大廳裡究竟布了多少紋陣。

鈍化、重壓、束縛，這是用來困住目標物的標準連鎖模組。

感官封閉、痛覺強化、幻象、隔音，這是用來拷問罪犯的配置。

魔力隔絕、堅如磐石，這是建造城牆時的必備設計。

哈里斯不知道這些紋陣的等級有多高，只知道自己徹底被壓制了，就連保持站立都沒辦法。

在紋陣發動的下一秒，庫布里克伯爵便縱身後躍，同時取出早已預備好的十字弓。他的動作極為迅速，看起來完全沒有受到紋陣的影響。

扳機扣下，淬毒的弓箭射向了莎碧娜。

——但是，被彈開了。

莎碧娜前方像是有一面看不見的牆壁，擋住了弓箭的狙擊。在這極短暫的時間，庫布里克伯爵已經衝到門口，大門已經關了起來。

莎碧娜冷淡地打量四周，最後看向庫布里克伯爵。她的視線像是燃燒的冰，庫布里克伯爵從中感受到灼熱的憤怒，以及冰冷的殺意。

就算已經有所覺悟，庫布里克伯爵還是感到一陣惡寒。

「足以克制公爵級的紋陣組合嗎？你倒是砸了不少錢呢，庫布里克伯爵。」

「……啊啊，沒錯，不這樣做沒辦法對付妳。我也是賭上全部了呢。」

流著冷汗，庫布里克伯爵用乾澀的聲音說道。

他很想擺出一副遊刃有餘的姿態，可惜做不到。銀霧魔女的強烈靈威，如同吹入山谷的暴風般充塞了整座大廳。

就算是足以克制公爵級魔法師的鈍化紋陣，也無法壓制莎碧娜的靈威。

這就是王級魔法師的實力！

若可能的話，庫布里克伯爵也很想設置克制王級的紋陣，可惜那種東西只存在於理論中。

反公爵級紋陣已經是現今最高技術的紋陣等級，要維持如此高級的紋陣，光靠人力是不可能的，庫布里克伯爵為此調動了城市魔力爐的所有能源，如今撒謝爾城恐怕正陷入慌亂之中了吧。

不管是超高等級的紋陣也好，或是調動城市魔力爐也好，隨便哪一項的花費都足以讓一個伯爵徹底破產，足足三代翻不了身。庫布里克家族雖然富有，但要準備這些也是相當吃力的。

更何況，庫布里克伯爵似乎還準備了更花錢的東西。

「你剛才用了瞬空之型吧？你竟能在紋陣裡面調動魔力、自由行動？」

莎碧娜一邊說著，一邊看了動彈不得的親衛隊隊長一眼。哈里斯感覺到女王的視線，羞愧得漲紅著臉。

「只是個還在開發中的小道具罷了。我也不想親自冒險，但不這麼做，沒辦法把妳誘進來。」

就算設置了完美的陷阱，也必須準備分量充足的誘餌。

庫布里克公爵之死就是那個誘餌。

莎碧娜就算對庫布里克家族再怎麼冷淡，面對公爵的葬禮，於情於理都必須出席。同時基於禮法與傳統，爵位太低的人無法進入大廳弔唁，於是有效地減少了妨礙者。唯一的問題就是身為新任家主的庫布里克伯爵非在場不可，否則恐會惹人懷疑。

「恭喜，你把我誘進來了。」

莎碧娜輕輕點了點頭，毫不吝嗇地讚賞對方。

「——但，那又怎麼樣？」

從莎碧娜身上散發的靈威，竟然又變得更強了！

在靈威的壓迫下，庫布里克伯爵的臉色頓時變得慘白，整個人看起來搖搖欲墜。王級魔法師的能耐，完全超乎他的想像。

「你身上的那個小道具，能讓你維持多大的魔力領域？十公尺？二十公尺？現在的你連男爵級最低標準都無法達到，還想要殺我？」

一般說來，魔力領域至少要達到半徑五十公尺的程度，才足以被授以男爵。此時的莎碧娜就算被紋陣壓制，魔力領域也絕對超過男爵級。

「……我當然知道這不可能。」

庫布里克伯爵費力地扯動臉上的肌肉，擠出一個難看的笑容。

「可是，要殺妳的不是我。」

「哦？」

就在這時，停放棺木的紗帳突然炸開了！

並非那種點燃火藥的爆炸，而是類似空氣膨脹的爆炸，若是魔法師，一眼就能看出那是魔力震蕩所導致的現象。不只是紗帳，就連棺木本身也被炸得四分五裂。

在漫天的塵埃與碎布中，出現一道佝僂的身影。

「要殺妳的乃是先父——魯爾．庫布里克。」

帶著難看卻又得意的笑容，庫布里克伯爵高聲宣告。

莎碧娜看向那道佝僂的身影，始終冷靜的表情終於露出了驚訝。

那是一個體格瘦弱，有如枯木般行將就木的老人。他穿著華麗的衣服，從樣式與色調來看，那應該是葬衣沒錯。

那股迎面襲來的強烈靈威，訴說著對方的魔法師身分。

這名突然現身的老人正是魯爾．庫布里克——庫布里克家族的榮耀，雷莫的第三位公爵，理應死去的男人。

（庫布里克公爵是詐死？）

哈里斯驚訝地想，但隨即又覺得這樣的情況理所當然。

如果沒有庫布里克公爵的支持，庫布里克伯爵又怎麼有膽子伏擊女王？王級魔法師可不是開玩笑的，就算受到鈍化紋陣壓制，還是能散發如此強大的靈威，光是靈威壓制就足以……等等？靈威？

哈里斯的臉孔突然失去血色，因為他察覺到一件可怕的事情。

這座大廳被鈍化紋陣所籠罩，而且還是反公爵級的超高級紋陣。

眾所皆知，鈍化紋陣的壓制不分敵我。

那麼，庫布里克公爵所散發的靈威是怎麼回事？

那股靈威是如此強大。

甚至強大到——足以跟莎碧娜媲美。

（因為那個小道具的關係……不、不對！）

哈里斯立刻推翻自己的猜測。如果是像庫布里克伯爵一樣使用了某種特殊道具，庫布里克公爵的靈威也應該遜於女王才對，所以另有原因。

能發出匹敵莎碧娜的靈威，只有一個可能。

庫布里克公爵也晉升為王級了！

「……庫布里克卿，沒想到你已經達到這種程度了。」

莎碧娜瞪視庫布里克公爵，收起了先前那種充滿餘裕的神態。靈威是不會騙人的，而銀霧魔女也並非將自我置於萬物之上的狂妄者，她坦率地承認了眼前的老人擁有與自己一戰的實力。

「這幾年的臥病在床原來是假象，其實是為了晉升在做準備嗎？看來情報部門得好好整頓一下了，竟然連這種事都沒發現。我小看你了，庫布里克卿。」

除了先天性的血統與資質，還有一些後天性的方法可以幫助魔法師提升自我等級，但那些方法需要耗費大量資源，而且往往伴隨著極大的生命危險，成功機率通常不到一成。已經九十二歲的庫布里克公爵竟然還有如此勇氣挑戰升級之壁，確實出人意料。

庫布里克公爵對莎碧娜的讚美毫無反應，只是佇立於原地一動也不動。

這時，莎碧娜發現老人的狀態有些奇怪。

庫布里克公爵的表情僵硬，眼神呆滯，看起來毫無生氣。若是仔細觀察，可以察覺到對方的靈威雖然強大，但卻帶有一種微妙的遲滯感，彷彿滾動的泥漿般，充滿混濁的味道。

「你……？」

「父親，請動手吧！殺了莎碧娜．艾默哈坦！」

庫布里克伯爵大喊。

一聽到兒子的聲音，有如雕像般僵硬的老人猛然抬頭，呆滯的雙眼閃過一道銳光。

魔力湧動，老人身邊突然冒出無數光球，數量高達上百。

「哼！」

莎碧娜的身邊也同樣冒出為數龐大的光球。

然後——開始了暴雨之型的對轟！

數以百計的魔力彈彼此碰撞，激盪出無數的絢爛閃光。魔力餘波在寬廣的大廳裡不斷咆哮，最後變成一股無序的破壞風暴。

這股魔力風暴足以撕裂鋼鐵、粉碎岩石，如果不是因為有紋陣加固，這座大廳恐怕早已崩塌。

莎碧娜在與老人對轟之餘，不忘用壁壘之型保護哈里斯，至於庫布里克伯爵則不知躲到哪裡去了。

莎碧娜的舉動讓哈里斯感到無比羞愧，明明是身為親衛隊隊長的自己應該捨身保護女王才對，現在立場完全反過來了。

閃光不斷炸裂，大廳籠罩於毫光之中，在這種情況下，肉眼根本看不見東西，聽覺也受到爆風的干擾，就連依靠魔力流動來感知外界也做不到。

在光與風的亂流中，一道灼目的光束宛如長槍般刺向莎碧娜。這道光束太過巨大，以至於讓人產生了被光壁迎面撞來的錯覺。

穹弩之型！

莎碧娜也跟著發動了同樣的魔法。

當兩道光束對撞的那一剎那，引發了可怕的巨大爆炸，就連原本充斥於大廳內的魔力風暴也被這股爆炸所吞噬。

在只有一片白色的世界中，閃過一道青色的火光。

青色的火光劃破了無限的白，有如長鞭般打中了莎碧娜。雖然沒有擊破她的障壁，卻在上面留下一道明顯的焦痕。

「……閃焰之型！」

莎碧娜認出了對方使用的魔法。

閃焰之型——庫布里克家獨有的特殊型魔法，也就是所謂的「絕技」。在發動超高速打擊的同時，還能給予敵人燒灼的傷害，是一種攻擊有如居合斬般迅猛銳利的強力魔法。

老人的第一擊被魔力障壁擋住了。

繼之而來的，是第二、第三、第四……乃至無數的閃焰攻擊。

青炎的閃光從四面八方撲來，轉眼間就將莎碧娜淹沒。

魔力之壁承受了過度飽和的攻擊，幾乎在一瞬間就碎裂開來。青色閃焰再也沒有阻攔，有如猛獸般咬住了莎碧娜！

「陛下！」

一旁的哈里斯見狀不禁發出慘叫。

已經不需要懷疑了，庫布里克公爵確實晉升為王級。能夠打破身為雷莫之王的莎碧娜的魔力障壁，只有同為王級的魔法師才做得到。

——然後，異變發生了。

就在哈里斯發出慘叫的下一秒，斬中莎碧娜的青炎突然扭曲起來。

扭曲的青炎有如流動的水，圍繞著莎碧娜畫出了一個又一個的圓。庫布里克公爵再次發動攻擊，但他所射出的閃焰卻融入了莎碧娜四周的青炎之圓。

「永、永劫之型——！」

哈里斯雙手握拳。雖然已至中年，但此時的他就像是見到了新玩具的孩子一樣，激動得渾身發抖。

青色閃焰的攻勢無比凶猛，但全被莎碧娜周身的青炎之圓擋住。

不，不僅僅是擋住而已。

圍繞著莎碧娜的青炎之圓不斷融合來襲的青色閃焰，每擋下一次閃焰，青炎之圓的力量就跟著壯大一分。再這樣下去，最後所有的閃焰都會變成莎碧娜的武器，回頭斬向敵人吧。

這就是專屬於艾默哈坦家的絕技「永劫之型」——積蓄敵人的魔力攻擊，然後將其返還的特殊型魔法。

「有接下這一擊的心理準備了嗎，庫布里克卿？」

伴隨著冰冷的話語，莎碧娜投出了青炎之圓。

這一擊的威勢，無法形容。

這是將兩名王級魔法師的魔力疊加起來，足以毀滅城市的一擊。

就算是已經晉升為王級的庫布里克公爵，也沒有承受這一擊而安然無事的道理。

——然而，青色閃焰突然消失了。

巨大的青炎突然化為純粹的魔力溢散於空氣之中，再次為大廳捲起一陣魔力的亂流。

「……你這傢伙！」

莎碧娜瞪著庫布里克公爵，眼中燃燒著安靜的怒火。

莎碧娜自行解除了永劫之型，而庫布里克公爵什麼都沒有做。

這個老人只是將哈里斯當成盾牌擋在身前而已。

「明明有了王的實力，卻還做出這種事，你的尊嚴在哪？我知道的魯爾．庫布里克可不是這麼下流的傢伙！」

莎碧娜將憤怒化為言語，擲向眼前的老人。

莎碧娜所認識的那個魯爾．庫布里克，是個以三代重臣的經歷而自豪，比起任何人都更加重視貴族榮耀的男人。

因為他堅持傳統，所以在昔日的王位爭奪戰中，即使對擁有繼位大義的阿瑪迪亞克王子深感失望，也不願加入莎碧娜，始終保持中立；就算莎碧娜最後當上了國王，他也沒有迫不及待地趕去獻媚。

莎碧娜雖然厭惡庫布里克公爵的固執，但也對這位老人的志氣感到敬佩，所以她才一直沒有對庫布里克家族動手，而是疏遠他們。

這個以弱者為盾的無恥之徒，真的是那個自尊心極強的庫布里克公爵嗎？莎碧娜不禁要懷疑站在她面前的這個老人，其實是另一個人了。

（另一個人……？）

莎碧娜仔細地看著庫布里克公爵。

她先前為老人的晉升所驚訝，因此忽略了其他東西。

從現身以來，老人沒開口說過任何一句話。

雖說在戰鬥時嘴巴並非必要的東西，但像老人這樣，連一句斥喝聲都沒有發出的情況，未免太過異常了。更別提老人那毫無變化的僵硬表情，簡直就像戴了面具一樣。

（晉升的後遺症？還是……？）

正當莎碧娜為老人的異狀而困惑時，對方行動了。

庫布里克公爵一邊挾持著哈里斯，一邊繞著莎碧娜飛翔。閃焰之型如同斬開時間間隙的刀光，再次襲向莎碧娜。

「陛下！不用顧忌！請將微臣連同這個逆賊一起消滅！」

動彈不得的哈里斯大吼。他從未像現在這樣感到屈辱過，不僅無法克盡己職，甚至還拖累了女王。

「說什麼傻話。需要靠臣下的犧牲才能取得勝利？我還沒墮落到那種地步。」

不過，莎碧娜拒絕了哈里斯的請求。

同時，她望著老人的目光變得更加冰冷。

「庫布里克卿，我不知道你究竟出了什麼問題，但是我也不準備再留手了。」

在彷彿沒有盡頭的閃焰地獄中，莎碧娜取出了一條項鍊。

這時庫布里克公爵停止了攻擊，並且像是在忌憚什麼似的，與莎碧娜拉開了距離。

誰也無法指責老人的舉動。

因為接下來他要面對的，是立於雷莫最高峰的攻擊。

「甦醒吧，銀霧祭禮。」

撫摸手中的項鍊，莎碧娜輕聲唸誦著。

那是封魔水晶。

銀霧魔女所持有的，皇冠級魔操兵裝的容器。

封印開啟的瞬間，讓人無法直視的強烈光芒與惡夢般的龐大魔力同時炸開！

不穩定性變異元質粒子與持有者的意志共鳴，莎碧娜的靈威一口氣增幅了數倍。那股靈威有如毀滅的洪水，瞬間吞沒了整座大廳。位階只有子爵的哈里斯根本承受不住，在靈威爆發的瞬間便昏死過去。

「什──？」

就在這時，響起了驚訝的叫聲。

發出聲音的，赫然是解放了魔操兵裝的銀霧魔女。

「虛空封禁──？為什麼、你會──？」

與叫聲同時出現的，是逆流的漩渦。

理應震碎大廳的龐大魔力，竟然不受莎碧娜指使，擅自旋轉起來。

位於魔力漩渦中心點的莎碧娜感到有一股莫名的力量正在拉扯自己。在抵抗那股力量的同時，她也驚覺那些遍布大廳的紋陣出現了變化。

在無數紋陣之下，埋著另一個閃耀著燦爛光芒的巨大紋陣。

空間開始折疊。

銀霧魔女的身影逐漸扭曲。

「咕──唔──！」

莎碧娜仍在抵抗。

她將王級魔法師的力量徹底釋放出來，但也只是稍微延緩了空間變異的過程而已。

雖知於事無補，她依舊沒有放棄。

就像在嘲笑莎碧娜的努力，她的身體一點一滴地轉化成搖曳不定的虛影，彷彿倒映於水面的月光一般。

然後，她看見了。

一名戴著黑色面具的老人，不知何時出現在大廳的另一側。

「再怎麼掙扎也是沒有用的喲，銀霧魔女。」

從黑色面具底下流洩出來的聲音，充滿了惡意。

「很諷刺吧？當初用來封印傑諾．拉維特的東西，現在反過來對付自己了。」

「你……？」

「嗯？不認得我了？」

老人摘下了面具。

隱藏於面具底下的，是一張半邊皮肉焦爛、半邊充滿傷痕的臉，模樣淒慘到令人不忍直視。

見到老人的真面目，莎碧娜瞪大雙眼。

「巴、魯、希、特——！」

莎碧娜突然高聲尖叫，臉孔因為強烈的憎惡與怨恨而扭曲，那是她從未顯露於人前的表情。

然後，聲音戛然而止。

銀霧魔女的身影，以及充斥於大廳的龐大魔力，就這樣從這個空間中徹底消失了。

崩裂的大廳一片寂靜，巴魯希特望向空中，發出低沉的笑聲。

「哈、哈哈……」

笑聲越來越大，並且越來越高亢。

「哈哈哈哈！哈哈哈哈哈哈哈哈哈哈哈！妳也有今天，銀霧魔女！妳跟傑諾．拉維特把我害成這樣子的時候，有想到自己會落得如此下場嗎？哈哈哈哈哈哈哈——！」

老人就這樣瘋狂地笑了好一陣子，直到喘不過氣來為止。

接著巴魯希特重新戴上面具，走到大廳的另一個角落，用鞋跟朝地上蹬了兩下。

然後，地板被人翻了開來。

「成功了嗎？」

從地下探出頭來的人，正是先前不知所終的庫布里克伯爵。

「如您所見。」

巴魯希特謙恭地低頭行禮，先前的狂氣已不復見。

「哈……！很好！非常好！這樣一來，這個國家就是我的東西了！」

庫布里克伯爵縱聲大笑。

「那個傢伙，還有那個傢伙，全都要死！先前瞧不起我的混蛋們，該是付出代價的時候了！就算跪下來我也不會原諒！呼哈哈哈！」

庫布里克伯爵已在腦海裡面盡情描繪野心的藍圖。在莎碧娜遭到封印的現在，「握有」王級魔法師的他，毫無疑問是雷莫的最強者。

「大人，請問那邊那個傢伙要怎麼辦呢？直接殺了？」

巴魯希特口中的人，正是昏迷不醒的哈里斯。雖然莎碧娜已經不在了，但庫布里克公爵仍將他提在手上。

「嗯？他？不不不，為什麼要殺他？」

庫布里克伯爵看著哈里斯，一臉愉快地說道。

「這是女王陛下與父親大人聯手設下的計畫，目的是為了將亞爾奈的間諜全部誘出來消滅。可惜女王陛下不幸罹難，而父親大人在悲憤中晉升為王級魔法師……這些事情，我相信這位親衛隊隊長看得一清二楚，他是最好的見證人。」

「我知道了。」

巴魯希特接過哈里斯，然後從上衣內側取出了數根長針，將它們俐落地刺進哈里斯的腦袋。

「這麼久以來一直辛苦你了，巴魯希特。等我正式坐上王位後，我不會虧待你的。想要什麼東西儘管說，不用客氣！」

「那、那真是……太謝謝您了！」

聽見巴魯希特那感激涕零的聲音，庫布里克伯爵再次放聲大笑。

至於老人隱藏於面具底下的輕蔑微笑——

他沒有，也不可能看到。

※◆※◆※◆※

傑洛的曆法制度，是從一千多年前就已經確立下來的系統。

曆法與人類的生活作息密切相關，傑洛人很早就察覺了這件事，因此從很久以前就注重曆法的正確性。經過長期的推演、計算與糾正，傑洛人終於從四個月亮的虧盈變化中得到了一套複雜且嚴謹的曆法系統。

這套系統被稱為「四環曆」，並且一直沿用至今。人類四國雖然有著不同的政治制度與習俗，但在曆法系統這方面，全都選擇了四環曆。

雖說也曾有人抱著「打造一個屬於自己國家的正確曆法」這樣的野心，但那些人在耗費大量金錢與時間後，全都毫無例外地失敗了。

久而久之，四環曆變成了傑洛人唯一的曆法系統，就連一向討厭人類的獸人也接受了這套系統，認為它是「無聊的人類唯一有意義的發明」。

在末春之月二十九日這一天，亞爾奈召開了最高庭議會。

所謂的庭議會，指的是國王與貴族們共同出席，協商討論某些重大事務的會議。庭議會的層次分為四級，最高庭議會屬於第一級，僅有侯爵以上的貴族獲准出席。

一王、三公、六侯爵，這場出席人數僅有十人的會議，在一間裝潢華麗的厚實密室裡展開了。

亞爾奈國王名叫蘇菲亞，是一位四十二歲的美婦人。她君臨亞爾奈的時間超過十年，被治下子民認為是難得的明君。性情溫和，馭下寬厚，但也有嚴厲的一面。

「我以亞爾奈之王、庭議會議長的身分宣布，最高庭議會開始。」

等到眾人全部入席，蘇菲亞女王便用柔和的聲音說道。

「今天召開這個會議的目的，主要是為了跟大家討論一件事情。也就是由軍部所提出的，關於進攻雷莫的提案。」

無聲的騷動迅速蔓延。整個議會的人彼此面面相覷，他們從同僚眼中看出與自己相同的驚愕。

「請等一下！我不記得軍部有提出這樣的意見！」

首先出聲的，是一位有著豪奢金色縱捲髮的美貌女子。此人名叫賽拉·艾坦希亞，亞爾奈三公爵之一。

「這是哈帝爾卿的提案。」

「哈帝爾……！」

艾坦希亞立刻轉頭瞪向端坐在一旁的黑髮男子，她的眼神無比凶狠，彷彿要用目光在對方身上戳出洞來似的。

「為什麼我這邊完全沒收到消息？」

「情況緊急，所以沒來得及告知。」

「再怎麼緊急，提前打聲招呼的時間總有吧？」

「為了防止洩密。」

「你的意思是我會洩密嗎！」

「沒人可以保證。」

「你這傢伙……！」

艾坦希亞那一頭華麗的縱捲長髮因怒氣而飄起，靈威也隨之高漲。哈帝爾平靜地與艾坦希亞對視，同樣提高了靈威，以抵擋對方的壓制。

六位侯爵見狀紛紛轉開視線，免得被捲進兩人的爭端。

眾所皆知，艾坦希亞與哈帝爾極度不和，這並非派系之爭，純粹只是艾坦希亞看哈帝爾不順眼而已，因此侯爵們根本不想介入兩位公爵的吵架。一旦被扯進去絕對沒有好下場，這是他們從過去的經驗中得到的教訓。

「夠了吧，這可是在陛下御前，別太失禮了。」

這時，在場的第三位公爵沙拉曼達出聲制止了兩人。

沙拉曼達是一位年近六十的灰髮老人，身材矮小但精神矍鑠，臉上皺紋深刻，氣勢不怒自威。對於這位亞爾奈的宿將，就算是同為公爵的哈帝爾與艾坦希亞也必須付出相當的敬意，因此雙雙收斂了靈威。

「哈帝爾，跟大家說說你提議出兵的理由吧。」

蘇菲亞女王柔聲說道。

於是哈帝爾向女王點了點頭，用沉著的聲音投下了精神爆彈。

「雷莫女王莎碧娜．艾默哈坦失蹤。」

哈帝爾只說了這麼一句話而已。

但，這就很夠了。

與會者全部瞪大雙眼，一副不敢置信的表情，就連艾坦希亞也嚇得忘記閉上自己的嘴巴。唯有蘇菲亞女王依舊保持冷靜，身為君主的她，早已得知了這個消息。

「……情報確實嗎？」

沙拉曼達瞇著雙眼，半信半疑地問道。他知道哈帝爾掌握著影伏部隊，也知道哈帝爾不是個大言不慚的人，但這件事太過匪夷所思，他不得不確認。

「確實。」

「雷莫女王是怎麼失蹤的？」

「不知道。不過，雷莫那邊有意把這件事栽贓到我們身上，至於對外當然是不會公布的。」

「陷阱的可能性呢？」

「不會是陷阱。」

「你肯定？」

「當然。」

眾人紛紛交頭接耳，一邊消化這顆爆彈帶來的震撼，一邊思考該如何從中獲取最大的利益。

討論很快就進入了白熱化，與會者分裂成兩派，一派主張立刻出兵，另一派則主張再觀望一下情況。

兩邊各有各的理由，但是艾坦希亞與沙拉曼達都站在觀望派這邊，因此主戰派的聲勢漸弱。奇怪的是，身為出兵提案者的哈帝爾在那之後卻一直保持沉默，彷彿是局外人一般。

「哈帝爾，你有什麼想法？」

蘇菲亞女王察覺了哈帝爾的異狀，於是開口問道。眾人頓時停止討論，視線全部聚焦於這位黑髮銀眼的男子身上。

「……我的建議是，試探一下。」

「試探？怎麼試探？」

「由我帶領軍隊進攻雷莫。」

眾人聞言不禁一愣。

「你是白痴嗎？公爵出征？這算哪門子的試探，根本就是正式宣戰了！你的腦袋裡面真的有裝東西嗎？」

艾坦希亞立刻開口大罵，其他侯爵雖然沒有開口，但顯然也是相同想法。唯有沙拉曼達摸著下巴，露出若有所思的表情。

「面對公爵級魔法師的進攻，若是妳會怎麼辦？」

哈帝爾反問艾坦希亞。

「那還用問？當然是親自出馬。」

「如果想儘快結束戰鬥呢？」

「解決對方就好。」

「如果對方不想跟妳正面作戰呢？」

「那就誘敵深入，找人圍堵。嗯，我直接請沙拉曼達公爵幫忙，二對一，讓敵人想回去都來不及。」

在說到「敵人」這個字眼的時候，艾坦希亞死瞪著哈帝爾不放，彷彿那位「敵人」就是他一樣。

「如果其他公爵因為某些原因，沒辦法出動呢？例如，女王陛下不在。」

「……」

艾坦希亞不說話了。

其他人也沒有說話。

在場眾人都不是傻瓜，話說到這裡，大家都知道哈帝爾究竟打著什麼樣的主意。

艾坦希亞皺起眉頭，似乎在思考該怎麼反駁對方，但一時間竟找不到這個計畫的破綻，房間裡面突然變得鴉雀無聲。

「……看來，沒人反對呢。」

蘇菲亞女王環視眾人，最後微笑說道。

於是，結論出來了。

亞爾奈決定進攻雷莫！

《打工勇者04》完

後記

我在晚上十點的時候，在鍵盤上敲下最後一個字，正式完成了《打工勇者》第四集的原稿。

第四集是一個重要的里程碑，前面所鋪陳的各種設定與伏筆，將從這一集開始逐一掀開，劇情的緊湊度也將直線上升（至少我這麼覺得）。

很感謝那些願意購買前三集的讀者，因為你們的耐心支持，我才不至於從出版社那邊收到腰斷宣告，有較為充裕的時間與空間按照計畫做出安排。謝謝你們的寬容，也謝謝你們的理解，我會盡力不辜負你們的期待，寫出精采的內容。

由於後記還有一點空間，我想趁這個機會，跟有志朝著作者之路邁進的讀者們說一些事。

這條路可是很不好走的哦（認真）！

職業的道路不可能永遠平坦，這點放在哪個產業都一樣。你會遇到討厭的上司、惹人嫌的同事、擺爛的下屬、沒有誠意的合作廠商、多到煩人的競爭者。想在職業之路上走得遠，就必須有面對這些事的心理準備。烏托邦只存在於幻想中，問題與麻煩無處不在，出版業界也是如此。

有志踏入某個行業的人，大多都是看到這個行業的優點，鮮少有人會注意到缺點，或者就算注意到了，也認為自己不會那麼倒楣遇上這些麻煩，這是一個很危險的想法。

先做好最壞的心理準備，如此一來，遇上不如意的事情時便能迅速調適心情，不受外界影響的繼續寫作。

希望這點小小心得，能夠幫到各位有志寫作的讀者。

天罪　二〇一六年六月

萊茵@千人
歐歐MIN

輕小說史上最不可思議的男主角——

極惡變態鬼畜捆綁PLAY
蘿莉控淫棍破壞魔王，參上!!

給我
等一下！

我只是一個
普通的
男高中生啊啊啊…！
Σ(ﾟДﾟ；

全套三集。全國各大書店、租書店、網路書店持續熱賣中！

Novel
矛盾
Illust
薩那SANA.C
我是征服世界的好苗子？
什麼！？
Am I a World Conqueror?
這麼輕易的就說要擊破我們，也太有自信了！
艾莉恩陷入曝光危機！
為了湮滅「證據」，
葛東變身雙面間諜？

陳詞懶調×PieroRabu
回到過去
BACK TO THE PAST
TO BECOME A CAT NO.6
變成貓
怒氣爆發的家貓VS.
囂張狂野的小偷貓
夜晚的喵喵對決就此展開！
首刷附贈精美明信片，以及萌翻天小動物擬人
典藏閣
華文聯合出版平台
www.book4u.com.tw
采舍國際
www.silkbook.com
不思議工作室
立即搜尋
版權所有© Copyright 201

不可以用
超能力
戀愛
NOVEL 南門椅子
ILLUST Flyking
賭上戀愛遊戲之神的戰爭即將開始！
全套2集，全國各大書店、網路書店、租書店，持續熱賣中！
全套2集，一起來攻略超能力美少女！
羊角
典藏閣
華文聯合出版平台
www.book4u.com.tw
采舍國際
www.silkbook.com
不思議工作室
立即搜尋

Bogle Hunter
異靈獵人
作者 月雨 X 繪者 Ginger
幻武小說名家月雨輕小說新作
您居家外出的終極保鏢！
異靈獵人，抵擋異靈的所有威脅，
吶有需要請喀電話：控八控控-控控控……
不論是仙術天才的純情少年、一劍在手天下無敵的高中美少女、
或是妖嬈豔麗的御姐，咱公會攏有！

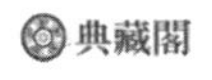

典藏閣

華文聯合出版平台
www.book4u.com.tw

采舍國際
www.silkbook.com

不思議工作室

立即搜尋

作者 瓶X繪者 Flyking
島國守衛戰
02 END 以哥哥的名義發誓，凶手就是你！
全套兩集，全國各大書店、租書店、
02
01
環境崩裂+魔物猖獗
+人為鬥爭=鬼島誕生？！
島國經濟命脈之神的女兒失蹤，
協尋獎金上看100億!!!
少年除了要打退魔物，
更要保護 他的100億 島國千金！
里長公告
各位里民請注意～各位里民請注意～晚上六點開始宵禁，不准在街上逗留，更不准跟魔物釘孤枝！
典藏閣
華文聯合出版平台
www.book4u.com.tw
采舍國際
www.silkbook.com
不思議工作室_
立即搜尋
版權所有© Copyright 2016

NOVEL KILO
久木 ILLUST
紅蓮利棠花
大神的潛入者
TAKASAGO PROJECT
這本書或許可以
改變臺灣的輕小說!!!
輕小說
知名作家
天罪
推薦
如果二戰過後，臺灣依舊是日治，那會是什麼模樣？
殖民時代下最熱血的輕小說
架空歷史下的臺灣——高砂地區的反抗史詩！
本土TRPG名作《高砂幻想譚》原案，磅礡上市！

典藏閣

華文聯合出版平台
www.book4u.com.tw
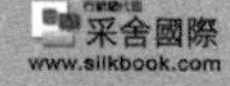

采舍國際
www.silkbook.com
不思議工作室

立即搜尋

羊角系列 025

打工勇者 04

出版者■典藏閣
作　者■天罪　繪　者■夜風
總編輯■歐綾纖
製作團隊■不思議工作室
郵撥帳號■50017206 采舍國際有限公司（郵撥購買，請另付一成郵資）
台灣出版中心■新北市中和區中山路2段366巷10號10樓
電　話■(02)2248-7896　傳　真■(02)2248-7758
物流中心■新北市中和區中山路2段366巷10號3樓
電　話■(02)8245-8786　傳　真■(02)8245-8718
ISBN■978-986-271-698-4
出版日期■2016年7月
全球華文國際市場總代理／采舍國際
地　址■新北市中和區中山路2段366巷10號3樓
電　話■(02)8245-8786　傳　真■(02)8245-8718
新絲路網路書店
地　址■新北市中和區中山路2段366巷10號10樓
網　址■www.silkbook.com
電　話■(02)8245-9896
傳　真■(02)8245-8819

☞**您在什麼地方購買本書？**☜

1. 便利商店（________市／縣）：☐7-11　☐全家　☐萊爾富　☐其他____________

2. 網路書店：☐新絲路　☐博客來　☐金石堂　☐其他__________

3. 書店（________市／縣）：☐金石堂　☐蛙蛙書店　☐安利美特animate　☐其他____

姓名：__________ 地址：____

聯絡電話：______________　電子郵箱：________________________________

您的性別：☐男　☐女　　您的生日：西元________年________月________日

（請務必填妥基本資料，以利贈品寄送）

您的職業：☐上班族　☐學生　☐服務業　☐軍警公教　☐資訊業　☐娛樂相關產業

☐自由業　☐其他__________

您的學歷：☐高中（含高中以下）　☐專科、大學　☐研究所以上

☞**購買前**☜

您從何處得知本書：☐逛書店　☐網路廣告（網站：____________）　☐親友介紹

（可複選）　☐出版書訊　☐銷售人員推薦　☐其他________________

本書吸引您的原因：☐書名很好　☐封面精美　☐書腰文字　☐封底文字　☐欣賞作家

（可複選）　☐喜歡畫家　☐價格合理　☐題材有趣　☐廣告印象深刻

☐其他________________

☞**購買後**☜

您滿意的部份：☐書名　☐封面　☐故事內容　☐版面編排　☐價格　☐贈品

（可複選）　☐其他

不滿意的部份：☐書名　☐封面　☐故事內容　☐版面編排　☐價格　☐贈品

（可複選）　☐其他

您對本書以及典藏閣的建議____

____

____

✌未來您是否願意收到相關書訊？☐是　☐否

✍**感謝您寶貴的意見**✍

印刷品

$3.5
請貼
3.5元
郵票
不思議信箱
FUSIGI POST

235 新北市中和區中山路二段366巷10號10樓

華文網出版集團　收

（典藏閣－不思議工作室）